約會大作戰　安可短篇集 7

DATE A LIVE ENCORE 7

Kadokawa Fantastic Novels

【約會大少女 case-1　假日】

「欸……可以請妳們聽我說嗎？」

某個假日，狂三跟「就讀同一所高中的朋友」十香和折紙出門玩時，突然開口。

「其實我對某個男生有一點好感……」

「唔……！」

「願聞其詳。」

聽見狂三說的話，十香和折紙瞪大雙眼。兩人也是女高中生，對戀愛話題興致勃勃。

「我們還不太熟，但我剛轉學過來的時候，他很親切地帶我認識附近的環境，所以……我覺得他還不錯。」

「喔喔，這男人很好心嘛！我覺得很棒喔！」

「我也認同十香的看法。」

「呵呵呵……是嗎？」

狂三難為情又有些開心似的微笑。

「妳們沒有喜歡的人嗎？」

「唔……喔喔，說起來我也有喔！」

十香說完，折紙和狂三便一臉好奇。

「妳也有嗎……？」

「哎呀，究竟是什麼樣的男生呢？」

「這個嘛，他廚藝很好，會做很多好吃的飯菜給我吃。」

兩人聽完露出深表認同的表情。

「難怪妳會喜歡他。」

「很符合妳的個性呢。不過，我覺得你們很適合喲。」

「喔喔！是嗎！」

這時，折紙手抵下巴發出低吟。

「對了，我沒跟妳們說過——其實，前陣子有人向我告白了。」

「喔喔！」

「哎呀、哎呀！對方是怎麼向妳告白的？」

「——他說他一直盯著我，放學後還在教室聞我的體育服。」

「……！」

「這……還真是……」

折紙說完後，十香和狂三臉頰滴落汗水。

然而折紙本人卻是有些難為情地染紅了雙頰。

「我感到強烈的共鳴。」

「唔、唔……是這樣嗎？」

「你們確實是天生一對呢……」

狂三如此說完，清了清喉嚨重新振作精神。

「總、總之，大家都有心上人，事情就好說了。來比賽誰先配成一對吧！」

「好！我可不會輸喔！」

「這場比賽是我占上風。」

三人如此說完，視線相交，莞爾一笑。

【約會大少女 case-2 魔法少女】
「纏繞聖火，華麗變身！迷人的灼爛殲鬼在此登場！」
「廉潔之滴……無邪的冰結傀儡……！」
「贗造粉盒在手，千變萬化無窮，我是美麗的贗造魔女。」
配合不知從哪裡播放出來的神秘背景音樂，「三名魔法少女』報上名號。擺出姿勢的同時，
四周落瓣紛飛。
「好，走吧！去維護鎮上的和平！」
「好的……！」
「……」
冰結傀儡答覆灼爛殲鬼。然而另一名魔法少女一語不發地蹲在原地——是贗造魔女。
『贗造魔女，妳怎麼不走？敵人就在眼前喲。』
『……沒有啦，只是突然害羞了起來。我應該不要那麼引人注目……頂多當隻小動物什麼的，說些『我聞到了邪惡的氣息，七七！』之類……』
『那、那不就變成吉祥物了嗎，贗造魔女……』
『是沒錯啦……可是，我實在難以自稱美麗啊……如果是琴里和四糸乃也就罷了，我……』
「……！喂，別說出本名啦！」
『咦！這是當作別人都看不出來的設定

嗎？」
灼爛殲鬼琴里如此說完，贗造魔女七罪瞪大了雙眼。這樣竟然就看不出來，魔法還真是厲害。
就在此時，冰結傀儡四糸乃高聲喊道：
「灼……灼爛殲鬼、贗造魔女，敵人攻過來了……！」
正如她所言，宛如巨大玩偶的敵人舉起雙手朝這裡逼近。七罪慌慌張張地想逃離現場。
不過——
「燒燬吧！迷人砲！」
「沉眠吧……無邪凍鎧。」
琴里的魔杖噴發出熊熊烈焰，而強烈的冷氣則是從「四糸奈」的口中迸發而出，瞬間消滅了敵人。
「不會吧！」
七罪目睹可愛的外表釋放出難以想像的威力，不禁發出高八度的聲調說：
「咦！明明是魔法少女，卻擁有破壞力如此強大的能力嗎？我的能力不過是用魔鏡變身而已耶！」
「妳在說什麼傻話啊，贗造魔女？妳的能力用在諜報、破壞工作上根本最強好嗎！妳剿滅的黑手黨和毒品組織一隻手都數不完耶。」
「我什麼時候立下那樣的功績啦！話說，敵方組織未免也太寫實了！不是魔法少女該對抗的對象吧！」
「！總部聯絡了！據說明天深夜日本的黑社會要跟俄羅斯黑手黨進行武器交易……！」
「妳說什麼？贗造魔女，該妳出場了。化身黑手黨，鎮壓交易現場吧。」
「咦，咦咦咦咦咦咦咦！」
魔法少女之美麗的贗造魔女還搞不清楚狀況就被同伴拖走了。

【約會大少女 case-3 偶像】
藝能經紀公司的某個房間裡，「偶像團體成員」耶俱矢、夕弦和二亞神情嚴肅地盯著人氣投票結果。
「唔唔唔，冠軍是遙遙領先的美九啊……」
『不服。要怎麼樣才能追上她？』
「嗯～～……比如說分析她為何會那麼受歡迎，依樣畫葫蘆？」
二亞說完，耶俱矢手抵下巴。
『說到美九如此受歡迎的理由，當然是……歌聲吧？』
「首肯。不過，她的歌聲根本模仿不來。」
「是啊～～不過小矢跟小弦妳們倒還好，哪像我，還沒有人配音，想唱歌也沒辦法……」
『我是搞不太清楚啦，但妳的發言是不是有點危險啊！』
耶俱矢不禁吐槽二亞。二亞「嘿嘿嘿」地露出張狂的笑容。
「除此之外，就是喜歡女孩子這一點了吧。畢竟連百合營業這種詞都有了，說自己對男人沒興趣也是讓粉絲安心的因素之一吧？」
「原、原來如此……」
「提議。那我們立刻在下次的演唱會中實驗看看吧。在間奏時互相摟對方的腰如何？」
『好耶、好耶！那我就像王子一樣，親妳們的手背好了！』
三人就這樣不斷討論作戰計畫。

數天後，演唱會當天，包含美九在內的四個人在舞臺上勁歌熱舞，現場氣氛狂熱。
接著，第二段歌詞結束，進入間奏。
耶俱矢與夕弦使了個眼色，以撩人的姿勢將手伸向對方的腰。
然而下一瞬間，兩人屏住了呼吸。
「「……！」」
因為兩人正想互相擁抱的那一剎那，美九竟不知不覺鑽到兩人之間。
「啊哼～～！夢想中的左擁右抱姊妹花！」
美九發出嬌媚聲，露出心蕩神馳的表情。
「不會吧……！」
「動搖。簡直是神出鬼沒……」
兩人驚愕地瞪大雙眼，但總不能打斷演唱會。儘管驚慌失措，依然繼續唱歌。
不過，事情並未就此結束。
下一個間奏，二亞英姿颯爽地跪在舞臺上，打算親吻夕弦的手的瞬間。
「呀啊！二亞真是大膽呢～～！」
「……！本以為親的是小弦，結果親到的竟然是小美！」
二亞不知所云，同時也不明白這中間到底發生了什麼事。
真正的偶像果然不好惹。就各種層面而言。
耶俱矢、夕弦、二亞三人對偉大的偶像誘宵美九既崇敬又帶著點畏懼。
結果演唱會成功落幕，美九的人氣又更加穩若盤石了。

DATE A LIVE ENCORE 7

FoodfightTOHKA,ExperienceYOSHINO,ValentineKURUMI,ExchangeYAMAI,
BurglarMIKU,MeasurementMIKIE,MarriagehuntREINE

CONTENTS

大胃王比賽**十香**
013
體驗入學**四糸乃**
055
情人節**狂三**
101
互換身分**八舞**
139
怪盜**美九**
187
測驗**美紀惠**
233
獵婚**令音**
275
後記
307

約會大作戰

安可短篇集 7

橘 公司
Koushi Tachibana

Kadokawa Fantastic Novels

彩頁／內文插畫　つなこ

精靈
THE SPIRIT

存在於鄰界，被指定為特殊災害的生命體。發生原因、存在理由皆為不明。
現身在這個世界時，會引發空間震，給周圍帶來莫大的災害。
再者，其戰鬥能力相當強大。

處置方法1
WAYS OF COPING 1

以武力殲滅精靈。
但是如同上文所述，精靈擁有極高的戰鬥能力，所以這個方法相當難以實現。

處置方法2
WAYS OF COPING 2

——與精靈約會，使她迷戀上自己。

安可短篇集7
DATE A LIVE ENCORE 7

SpiritNo.7
Height 144 Three size B69/W55/H70

大胃王比賽十香

FoodfightTOHKA

DATE A LIVE ENCORE 7

「嗯唔嗯唔……啊唔！」

「啊唔……唔嗯……」

十香與六喰一心一意地將棒狀物塞進嘴裡，並且看著對方。

四周縈繞著強烈的熱氣，簡直不像處於冬天的寒空下。

雙方口中塞滿了東西，因此無法說話。

不過兩人的眼神和舉止所透露出的鬥志更勝於言語。

——不賴嘛，六喰！

——妾身絕不言敗！

那已是單憑五感無法解讀的神人之間的對話。

戰場；狂宴；殊死鬥。

在旁人的眼裡看來，是一幅怪異無比的光景。

然而這兩名當事者卻是懷抱著熱血的鬥志與夢想，不必交手便與最強的勁敵拚得你死我活。

——喔喔喔喔喔！

——喝啊啊啊啊！

兩人不成聲的聲音宛如僅有彼此的心互相共鳴，靜謐無聲又熱血沸騰地回響。

◇

「唔……」

某個冬日，夜刀神十香於五河家的客廳獨自捏著放在暖桌上的橘子，輕聲低吟。

她的特徵是一頭如夜色般烏黑的長髮與水晶般夢幻的雙眸。不過，她的美貌如今卻染上思慮與幾分困惑之色。

「唔唔……可是，還是……」

「喂～～十香？」

「……妳到底在幹什麼啊？」

就在十香準備把手上的橘子扔進嘴裡時，背面傳來納悶的聲音。

十香循聲望去，便看見不知何時冒出了兩個人。一個是五官中性的少年，另一個則是含著加倍佳棒棒糖的嬌小少女。他們是這個家的居民，五河士道與五河琴里。

「喔喔，士道、琴里，我來打擾了。」

「呃，那是無所謂啦……」

士道說著指向十香的手。

「唔？……喔喔！」

十香循著他的指尖，將視線落在自己的手上，吃驚地瞪大雙眼。這也難怪，畢竟十香原本打算吃的是帶皮狀態的橘子。

「不好意思，謝謝你提醒我，士道。看來是我恍神了。」

「啊！原來是這樣……太好了。我還以為妳終於受不了飢餓，決定連皮一起吃下肚呢……」

「唔？」

「沒、沒什麼。」

琴里搖了搖頭蒙混過去後，士道便苦笑著開口：

「妳說妳恍神，是在煩惱什麼事嗎？不介意的話，可以找我們商量。」

「喔喔，真的嗎？」

十香眼神閃閃發光，這次換琴里點點頭。

「當然啊，照顧精靈是〈拉塔托斯克〉重要的工作……而且，我也把十香當我的朋友啊。」

琴里有些難為情地挪開視線說道。於是，十香「喔喔！」地雙眼圓睜。

「這就是那個嗎？傳說中所謂的傲嬌嗎！」

「咦！我剛才有表現出傲的態度嗎？」

「……話說，妳是在哪裡學到這種詞的啊，十香？」

「二亞經常……」

「那個女人。」

不等十香把話說完，琴里便露出猙獰的表情，隨後又唉聲嘆氣，將視線移回十香身上。

「算了。所以，妳到底有什麼煩惱？」

「其實，我在煩惱六喰的事……」

「六喰？」

士道歪了歪頭反問。十香點頭稱是。

星宮六喰，與十香等人一樣住在五河家隔壁公寓的少女——前幾天才剛被士道封印靈力的精靈之名。

「唔……總覺得她討厭我，好像刻意避開我的樣子。」

「刻意避開妳嗎……？是有具體發生過什麼事情嗎？」

「嗯。昨天四糸乃、七罪和六喰在公寓的大廳聊天，我也走過去想要加入，可是六喰一看見我的臉，轉身就走了。」

「唔……」

「原來如此啊……」

士道與琴里將手抵在下巴，輕聲低吟。

十香嘆了一口氣，接著說：

「其他還有，六喰跟耶倶矢、夕弦在打電動，我走過去時，她原本明明玩得很開心，結果扔下控制器就逃走了。」

「嗯～～……」

「還有啊，當美九十指一張一合地對六喰說『哎呀，封印六喰真的很辛苦呢。話說，六喰，妳知道天宮市有個習俗是言歸於好時要互相搓揉對方的胸部嗎？』的時候。」

「嗯，等一下。感覺這件事比六喰的事還令人在意耶。」

琴里臉頰冒出汗水，低喃道：「真是受不了美九耶……」

士道清了清喉嚨恢復精神後，接著說：

「總、總之，這麼聽來，六喰好像真的在避著十香呢。」

「嗯，沒錯。可是，我根本不知道她為什麼要避開我。難道我在不知不覺中得罪她了……」

「啊～～……嗯～～……」

「這個嘛，算是吧。」

十香一臉困惑地說完，士道與琴里便盤起胳膊，眉頭深鎖。與其說在認真思考十香的煩惱——不如說根本是心裡有數的樣子。

「唔？你們兩個知道原因出在哪裡嗎？」

「唔～～……該說是知道嗎……」

「這個嘛，六喰所認識的十香，幾乎都是妳呈現反轉體的時候，她會不想面對妳也是無可奈何的事……」

「反轉？」

「噢，不，沒事。」

十香歪頭表示疑惑，琴里便揮了揮手否認。

「簡單來說，六喰誤會妳了啦。所以只要有機會好好聊天，一定能相處融洽的。」

「真的嗎！」

「是啊。所以，我想想喔……明天剛好放假，妳帶六喰上街逛逛如何？六喰那邊就由我來跟她說。」

琴里說完，士道神色有些不安。

「讓她們單獨相處沒問題嗎？十香倒是無所謂，但感覺六喰還有些不穩定。我是不是跟去比較好……」

「你在的話，六喰的精神肯定會比較穩定吧……不過如此一來，她只會跟你聊天，就無法達成改善兩人關係的目的了。別擔心，〈拉塔托斯克〉會好好監視她們的。」

「嗯……妳說的確實沒錯——十香，要試試看這個辦法嗎？」

「喔喔……！好，我要試！」

聽完士道與琴里的建議，十香眼神散發出燦爛的光芒。

或許是能與六喰相處融洽的期待，與身負為新來的精靈介紹城市的重責大任所帶來的興奮感，十香不禁探出身子，就這麼把腳抽出暖桌，以輕盈的動作站起來。

「這樣啊，那我可不能繼續賴在這裡了！」

「嗯？妳要去哪裡？」

「回我的房間！必須讓六喰知道這個鎮上有許多很棒的地方。我要趕快來計劃明天逛街的路線！」

十香朝兩人猛力揮了揮手後，就這麼衝出客廳。

◇

「喔喔，六喰！今天請多指教嘍！」

隔天，十香打扮整齊在公寓大門等待時，六喰便跟著士道、琴里，踏著拖拖拉拉、提不起勁的腳步前來。

少女將長到觸地的金髮紮成三股辮，圍在肩頭。金黃色的雙眸透露出陰鬱，以充滿警戒心的視線望向十香。

「……郎君，當真無妨嗎？那個女人，不會突然咬人吧？」

六喰對士道輕聲細語說道。士道聳了聳肩，無力地苦笑。

「她又不是狗……而且，昨天不是解釋過了嗎？妳當時見到的十香只是她其中一面。妳可以好好面對現在的她嗎？」

「唔嗯……」

六喰露出理解歸理解卻無法接受的表情，心不甘情不願地點頭答應後，猶豫地從士道後方走向前。

「……十香，雖然妾身並無意願，但今日便依郎君所言，勉強奉陪。妳就心懷感激吧。」

「喔喔！多謝妳！」

十香拉起六喰的手坦率地如此說道，六喰便大感意外地雙眼圓睜，瞥了士道一眼。

「對吧？」

「……嗯。」

六喰一臉不悅地甩開十香的手。

「招呼打夠了吧。別浪費時間，速速動身吧。」

「嗯！士道，琴里，那我們走嘍！」

「好，路上小心喔。」

「要在晚餐前回來喲。」

士道和琴里揮手目送兩人。「嗯！」十香精神百倍地回應後，對琴里的「晚餐」一詞表示反應。

「話說，今天的晚餐是什麼啊，士道？」

「嗯～～今天家裡有上等的牛肉，本來想做烤牛肉的……不過烤箱有點不靈光，可能會改成別的菜色。」

士道說著，瞅了琴里一眼。

「我說琴里，差不多該買一臺新型的烘烤微波爐了吧……」

「咦咦？拿去修理不就好了？」

「我跟妳說，最近的烤箱可厲害了，採石窯式的，烤出來很鬆軟喔……」

「是是是，待會兒再聽你說。十香、六喰，路上小心喔。」

琴里說完揮了揮手。「那至少買個新的壓力鍋……」士道繼續懇求，但琴里似乎將他的話當作耳邊風。

「嗯，那我們走吧，六喰。」

「……嗯。」

十香帶著六喰，得意洋洋地邁步前進。

她輕聲哼著歌，穿過住宅區，走向大馬路。

於是，背後傳來六喰的聲音：

「……十香，妳說要帶妾身上街，究竟打算前往何處？」

「喔喔，我還沒告訴妳啊！」

十香轉過頭，翻找揹在肩上的小包包，拿出一本小記事本。那是昨晚十香與天宮市的地圖大眼瞪小眼所整理出來的最強逛街手冊。

十香宛如刑警或偵探般翻開記事本後，將視線落在上頭寫的計畫，莞爾一笑。

「首先——是漢堡排。」

「……唔？」

六喰聽了十香說的話，納悶地歪過頭。

「喔喔，抱歉，是大馬路上一家叫作『花丸』的炭烤巨無霸漢堡排。」

「不，妾身並非在詢問詳情。」

六喰搖了搖頭，接著說：

「是要用午膳嗎？感覺時間尚早……」

「唔？那要換地方嗎？」

「……不，今天就交給妳了。帶我去便可。」

「這樣啊！那往這裡走！」

十香精神奕奕地說著，便帶六喰走向大馬路上的漢堡排專賣店。

這家店的特徵是小木屋風格的外牆以及手寫的今日推薦菜單。十香熟門熟路地推開木門後，櫃檯內響起宏亮有氣勢的聲音：

「歡迎光臨！呃，喔？十香，今天還帶朋友來啊。」

木桶般的身體，手腳像圓木那樣粗大，身材魁梧的店長爽朗地笑道。

「嗯！店長，老樣子！」

「了解。十香的朋友也點一樣的可以嗎？」

店長望向六喰問道。話題突然轉到自己身上，六喰似乎嚇了一跳，但立刻點頭稱是。

「了解。我馬上做，妳們找個喜歡的位子坐著等吧。」

「嗯，麻煩你了！六喰，往這邊走！」

「唔、嗯。」

十香催促六喰，走向店裡靠內側的位子。

「……呼嗯。」

六喰在四人雅座坐下，謹慎地觀察四周後，將視線移回坐在對面的十香身上。

——老實說，六喰對這個名叫十香的少女沒什麼好感。

不過，這也無可厚非吧。前陣子六喰與士道約會時，這名少女突然闖了進來，毫不留情地攻擊他們，還讓士道趴在地上，坐在他身上，也難怪六喰會不信任十香。

「…………」

話雖如此，一時無法相信眼前的這名少女與過去所見的精靈是同一人物也是不爭的事實。

不對，容貌確實是當時的十香沒錯。但是，她的舉止和柔和的表情——尤其是打從心底感到開心地等待漢堡排送來的模樣，實在與六喰所見過的冷酷精靈有著天壤之別。

琴里說當時的她只是她其中一面……雖然不太清楚，莫非是雙重人格嗎？

至少現在的她並未散發出惡意、殺意，更別說是尖酸刻薄。琴里說的不錯，如果是這樣，或許能與她好好相處——

「來，讓妳們久等了。老樣子的兩人份。」

就在六喰思考著這種事情的時候，剛才的店長現身，將滋滋作響的鐵板放到兩人面前。

鐵板上的漢堡排幾乎有六喰的臉蛋那麼大。

「……唔嗯？」

看見突然呈上眼前的肉塊，六喰不禁大吃一驚。

看起來是很美味沒錯。啪嘰啪嘰跳動的油脂與誘人的香氣，都令人垂涎欲滴。

只是，很大。明顯非常大塊。

至少絕非像十香和六喰這種體型的少女能吃下的尺寸。大概是店長錯拿成其他桌客人點的東西了吧。

然而，就在六喰打算指出這一點的瞬間，坐在對面的十香「啪！」的一聲用力拍響手掌。

「喔喔，送來了、送來了！來吧，六喰妳也嚐嚐看！保證好吃喔！」

「唔、唔……？」

正當六喰心生困惑時，十香卻朝氣蓬勃地說：「我要開動了！」接著開始吃起那個巨大的漢堡排。

「嗯嗯！果然很好吃！店長，你的手藝還是一樣好呢！跟士道做的漢堡排有得比喔！」

「哈哈……十香，妳這樣算是在誇獎我嗎？」

「你在說什麼啊，這可是至高無上的讚美啊！」

店長聽了十香說的話，不禁露出苦笑。

就在此時，可能是發現六喰仍未動刀叉，十香一臉納悶地歪過頭。

「唔？六喰，妳怎麼不吃？」

「不……我要享用了。」

六喰儘管心裡有些困惑，還是將漢堡排切成一口大小，送進口中。

燉煮濃郁的多蜜醬與肉汁在嘴裡擴散開來。十香說的沒錯，這個漢堡排確實十分美味。

「嗯……原來如此，確實美味。」

「對吧！」

六喰低喃般嘟噥了一句後，十香便綻放出燦爛無比的笑容。肯定是因為自己推薦的店家受到認可而感到開心吧。

看見她的表情，六喰態度也放軟了一些。剛開始看到巨大漢堡排時，有一瞬間還以為是十香故意找碴，但看來她只是單純想把她的愛店介紹給自己罷了。

「……唔嗯。」

感覺是自己以小人之心度君子之腹，因此有些不好意思。六喰稍微挪開視線，繼續享用漢堡排。

——過了約三十分鐘。

「……呼～～」

雖然花了一點時間，六喰總算是把巨無霸炭烤漢堡排——通稱「老樣子」全納入腹中。她搓揉著變得圓滾滾的肚子，吐了一口氣。

「嗯。非常美味，妾身很是滿足。」

「喔喔！」

六喰說完，十香便發出雀躍的聲音。

順帶一提，十香早已將漢堡排一掃而空，還追加了骰子牛排、炸蝦跟薯餅。即使如此，表情看來依然遊刃有餘……她那纖細的身材到底是把如此大量的食物吃到哪裡去了呢？人體，更正，精靈還真是神祕。

「好，那麼要去下一站嘍！這個城鎮還有許多其他好地方喔！」

「唔……是嗎？接下來要前往何處？」

六喰說著下意識思考。畢竟有點吃太多，希望能避免激烈運動的場所。最好能像和士道逛街時那樣，去逛逛商店或百貨公司，買買東西，去景色優美的地方稍事休息——

正當六喰如此思考時，十香從小包包拿出記事本，點了點頭。

「接下來——去吃炸豬排。」

「…………………………唔嗯？」

這出乎意料的話語令六喰不由得目瞪口呆。

「唔……呼……」

約三小時後。

六喰跟著十香走在路上，痛苦地吐氣。

這也難怪。畢竟十香離開漢堡排店後，前往炸豬排店，緊接著又去了迴轉壽司店、義大利餐廳、甜甜圈店。被迫陪她用餐的六喰肚子已經快撐破了。

然而，吃下六喰數倍分量食物的十香依舊精神百倍——不僅如此，吃了美食後，狀態似乎反而更好了。看著十香充滿霸氣的背影，六喰甚至有種聽見暖機的聲音的錯覺，感覺她隨時處於蓄勢待發的狀態。

「且、且慢，十香。」

「唔？怎麼了，六喰？妳有什麼想吃的東西嗎？」

「沒有、沒有。」

六喰鐵青著臉，猛力搖頭否認。

「並非如此。妾身希望差不多該帶妾身去其他……餐廳以外的地方逛逛。」

「喔喔，對喔！」

十香捶了一下手心如此說道，接著攤開記事本，手指在紙面上滑動。

「那麼，去士道帶我去過的水族館或電影院如何？」

「喔喔……不錯呢。」

看來那本記事本上還記載了餐廳以外的資訊。終於能夠喘口氣，歇息一下了。六喰吐出安心的氣息。

「嗯，水族館記念品店賣的小魚餅乾很好吃，一邊看電影一邊吃的爆米花也特別好吃喔！」

「…………」

面對笑容滿面如此說道的十香，六喰不禁沉默不語。

……不過，總好過被帶去其他餐廳吧。六喰沒有多嘴，靜靜地點頭答應。

「嗯，那就去水族館和電影院吧。」

「好！」

十香活力充沛地點頭，帶著六喰邁開步伐。

然而——

「唔嗯……？」

來到大馬路後，六喰停下腳步。

不，正確來說，是走在前頭的十香突然停下來，害六喰撞上她的背。

「十香，妳為何驀然——」

說到這裡，六喰中斷話語。

因為用不著特地問十香，也明白她止步的理由。

「什麼——」

六喰探頭望向大馬路，不禁瞪大雙眼。

不過，這也理所當然。因為天宮市的大馬路上，如今聚集了好幾名裝扮個性十足的男人。

「咯咯咯……我已經迫不及待了……」

「快送上今天的供品吧～～！」

「呀哈～～！」

戴著水牛角安全帽的肌肉男、體型肥胖的男人，以及頂著雞冠般誇張的龐克頭的男子……諸如此類。這些人全都穿著鉚釘皮衣，身體各處則戴著護具，飄散出強烈的末日戰士感。四周響起「呀哈～～！呀哈～～！」有如怪鳥鳴叫的尖銳叫聲。

「此、此群人等是有何問題啊？」

六喰臉頰流下汗水，蹙起眉頭後，龐克頭便將視線投向十香與六喰。

然後像是發現了什麼似的赫然瞪大雙眼。

「……！妳是！」

「怎樣怎樣，發生什麼事了？」

「呀哈～～！」

「兄弟們快看！是〈女王〉！天宮的〈女王〉來了！」

「你說什麼！」

龐克頭男一吆喝，其他男人便同時表現出反應，將十香和六喰團團包圍。

「咯哈哈哈……〈女王〉，妳果然出馬了啊。」

「老子等這天等很久了，今天一定要一吐多年來的怨恨。」

「我這被妳弄傷的臉頰還隱隱作痛咧……」

男人們你一言我一語，有的折響手指關節，有的舔起拿出來的刀子。

「〈女王〉……？」

聽見對方看著十香說出的詞彙，六喰歪頭表示不解，望向十香。

然而，十香也表現出一副聽不懂那群男人在說些什麼的表情。

「〈女王〉……？是在說我嗎？到底是指什麼事啊？」

「呵呵呵……少裝蒜了。」

「稱霸天宮市內所有附獎金巨無霸菜單的〈女王〉，夜刀神十香。這個名號在這一帶大胃王戰士之間，可是無人不知無人不曉。」

「大胃王戰士……？」

聽見這陌生的詞彙，六喰再次偏頭表示疑惑。於是，牛角安全帽男環抱雙臂，揚起嘴角。

「沒錯。就是指對人類原始的慾望，也是原罪『食慾』——以『量』的觀點，挑戰極限的戰士。」

「……妾身聽得是一知半解。總之，是競賽誰吃得多吧？」

「嘎哈哈！就是這樣！」

男人豪邁地笑道。六喰「唔唔」地歪著頭，指向男人的服裝。

「道理妾身明白了。但爾等那身打扮又是怎麼回事？跟吃東西無關吧？」

「嘎哈哈！妳在說什麼傻話啊，小不點！我們大胃王戰士！既然稱為戰士，赴戰場時當然得穿著戰鬥服裝啊！」

男人自信滿滿地說道。六喰臉頰流下汗水。

「是、是如此嗎……妾身認為那牛角會妨礙進食。」

「哼，妳太嫩了。就算同為大胃王戰士，也各自有拿手的種類。擅長一口氣吃下牛排的本大爺〈至高肉塊〉牛山，就是以這種形式來顯示自己的身分！」

「這樣啊……那彼處圓滾滾的胖男人呢？」

「那傢伙是〈油如飲品〉勝田，熱愛炸豬排的男人。」

「那雞冠頭男人呢？」

「他是〈貪吃鬼〉富良井。快吃炸雞的速度無人能出其右。」

「……這、這樣啊。」

六喰搔了搔臉頰。雖然在氣氛的感染下好像聽懂了，但其實還是有聽沒有懂。

「也罷。所以，爾等所謂的大胃王戰士，為何齊聚此處？」

「哼——這還用說嗎？看那裡！」

牛山猛然舉起手，結果用力撞到自己戴著的安全帽的牛角，有些淚眼婆娑。

儘管這幅光景也令人在意，但六喰和十香還是朝牛山指示的方向望去，然後瞪大了雙眼。

因為大道的正中央搭起一座大舞臺，上頭寫著「天宮市大胃王爭霸賽」這幾個字。

「正如妳們所看到的！若說到有什麼活動能聚集這麼多的猛將，就只有這個了吧！今天會在這裡！決定誰才是天宮市第一的大胃王戰士！」

「嘿！妳就別再裝傻了吧，〈女王〉。像妳這樣的大胃王戰士，該不會想說自己是恰巧迷路才闖進這裡的吧？」

「呃，還真的就是恰巧……」

即使十香一臉困惑地說道，那群男人也似乎是左耳進右耳出，情緒十分高漲，充滿鬥志。

「我不會忘記……我在兩個月前吃完『KARLY』巨無霸咖哩，創下最快紀錄，後來出現的妳卻在同樣時間內清空兩盤巨無霸咖哩，害我的紀錄只在店家貼了短短五分鐘就被換下！」

「為了跟坐在隔壁的妳對抗而吃下太多聖母峰義大利麵的我，在回家的路上走路不穩，傷了右臉頰……！」

「唔……感覺是自己惱羞成怒呢。」

男人們依然沒把六喰的話聽進去。

話雖如此，十香似乎也沒打算搭理他們，牽起六喰的手，別開臉。

「抱歉，我正在帶六喰逛街，失陪了。」

說完就想離開現場。

不過，那群男人卻鞏固包圍，阻擋十香的去路。

「哎呀，那可不行。」

「怎麼能放過雪恥的機會呢？」

「身為〈女王〉卻在敵人面前逃跑，這樣對嗎？」

「唔……」

十香一臉愁苦。當然，只要精靈十香一出手，兩三下就能將這些男人打得落花流水。但精靈的存在是祕密，總不能在這種人來人往的大馬路上引起騷動。

「別那麼警戒嘛，〈女王〉。我們雖然是大胃王戰士，也不會把妳吃了，只要妳堂堂正正迎戰就好。」

「況且這提議也不壞吧。冠軍可以獲得價值十萬圓的豪華餐券和最新型石窯烘烤微波爐喔。讓參賽者在外在內都能填飽肚子，真是貼心啊。反正──這兩樣獎品都是我的囊中物就是了。」

男人們露出野心勃勃的眼神，莞爾一笑。所有人都堅信自己是最強的。

「唔……？石窯烘烤微波爐……？」

這時，十香像是想起什麼似的將手抵在下巴。

「十香，發生何事了嗎？」

「沒有啦，只是想到士道好像說過家裡的烤箱怪怪的，想要新的烤箱……」

「噢，聽妳如此一說……」

六喰回答後，十香發出低吟，做出沉思的動作。不久後，她面向六喰。

「抱歉，六喰，可以借用妳一點時間嗎？」

「唔嗯……？是無妨，難不成妳……」

六喰說完，十香便用力點頭。

「嗯。看來要不引起騷動就離開這裡並不容易，而且──如果贏得石窯烘烤微波爐回去，我想士道搞不好會很開心。」

十香說完臉頰泛起淡淡紅暈，微微一笑。

「嗯……」

六喰將手放在胸口好抑止自己有些快速的心跳。

並非像以前那樣非得獨占士道不可。只是，該怎麼說呢？胸口一帶湧起一股連自己都不明白的煩躁感。

「欸，十香，妳……對郎君有何想法？」

「唔？妳是說士道嗎？當然是最喜歡他啦！所以才想看見他開心的表情！」

「…………唔嗯。」

十香露出開懷的笑容如此說道。六喰看見她的表情，聽見她的話語，感覺胸口一陣揪痛。

理由很單純。因為她想像了一下士道收到十香的禮物時的喜悅模樣。

略微心煩意亂的感覺逐漸加強。用不著特地提問，自己也早已知道十香喜歡士道。正如十香所言，士道一定會很開心吧，而六喰同樣樂於看見士道喜悅的表情。只是——

「……！」

就在這時——

六喰因輕微的異樣感皺起眉頭。

身體微微發燙，而那股熱度聚集在她擱於胸口的掌心中。

「這是……」

六喰慢慢張開手，將視線落於掌心——輕聲屏息。

頭。

「——十香！」

回過神時，六喰已出聲吶喊。正想跟著那群男人一起走向舞臺的十香停下腳步，納悶地轉過頭。

「唔？怎麼了，六喰？」

「妾身亦要……參加這場比賽！」

六喰說完，十香和那群男人深感意外地瞪大雙眼。

◇

『——「天宮市大胃王爭霸賽」終於要開始了！各位飢腸轆轆的大胃王戰士已經在舞臺上蓄勢待發，期待開始的鑼聲響起！』

主持人情緒高漲的聲音透過擴音器響徹四周。

十香在特別搭建的舞臺上聆聽主持人說話。

舞臺上一整排彪形大漢，眼下能看見不知何時聚集的眾多觀眾。

而身旁——則是表情透露出強烈決心的六喰。

沒錯。六喰就這樣臨時參賽，正式報名完畢。

「唔，不過，真是教人吃驚呢。六喰妳也還沒吃夠嗎？」

「唔……嗯，算是吧。」

六喰瞥了十香一眼，模稜兩可地回答。

「……？」

氣氛似乎有些奇怪，十香感到不對勁，想要開口問時，擴音器卻搶先一步再次響起主持人的聲音。

『比賽規則很簡單！在限制時間內吃下最多熱狗堡的選手就能獲得優勝！就是這樣！』

在主持人說明的同時，擺放在眼前的長桌上陸陸續續送上許多熱狗堡。是麵包裡只夾著臘腸那種簡單的熱狗堡，但聞起來好像很好吃的香味令十香不禁綻放微笑。

『好了，各位的桌上都端來熱狗堡了嗎？不行、不行，還不可以動手喔。

──那麼，我在此宣布……比賽開始！』

「「喔喔！」」

在主持人的一聲號令之下，舞臺上的大胃王戰士同時吃起熱狗堡。

十香雙手合十，說了句「我開動了」後才抓起眼前的熱狗堡，大口咬下。

「啊唔……喔喔，這味道真不錯呢……」

烤得鬆軟的麵包與口感香脆的臘腸在口中跳躍。雖然是大量生產來作為比賽用的食品，但味道絕對不差。

雖說是快吃對決，但終究是吃東西。十香享受著熱狗堡的滋味、口感與香氣，一口氣咀嚼、嚥下肚。

在大胃王戰士中，也有人採用先吃臘腸，再將麵包泡水塞進嘴裡的手法，試圖提高速度，但那已經不能稱為熱狗堡，而是臘腸與泡水的麵包。或許的確能快點吃完，但十香並不怎麼喜歡這種方式。

『各位選手氣勢凶猛，一個接一個吃著熱狗堡！──哎呀！很快的，似乎有人要被淘汰了！牛山選手，安全帽上的角妨礙到兩側的選手，失去資格！勝田選手被沒有油分的乾麵包哽住喉嚨，淘汰！根據報告，富良井選手現在才想起自己不喜歡吃雞肉以外的肉類！』

傳來其他選手淘汰的報告，那些名字好像在哪裡聽過。十香心想不喜歡吃雞肉以外的肉類還真是可惜，並且朝下一個熱狗堡伸出手。

於是──

『──喔喔！這是怎麼回事！這時竟然有選手已經要邁入第二盤了！是臨時參賽的星宮六喰選手──！』

「……！竟然！」

聽見主持人響徹會場的聲音，十香瞪大雙眼，望向身旁。

坐成一排的大胃王戰士只吃了半盤左右，就連十香也還剩下一個熱狗堡，然而那個身材嬌小的六喰竟然拔得頭籌，進入第二盤。

大概是察覺到十香的視線，六喰回以狂妄的笑容。

「呵。十香啊，妳若是疏忽大意，冠軍可是會被妾身奪走喔。」

六喰如此說完，抓起新端來的熱狗堡扔進嘴裡。

然後幾乎沒有咀嚼便直接吞下。看見這宛如魔術的光景，觀眾們紛紛發出驚愕聲。

「喔喔……！有一套嘛，六喰！」

怎麼能輸給她呢？本來是一場提不起勁的比賽，但若是棋逢敵手，事情就另當別論了。

十香燃起鬥志，瞬間吃光手上的熱狗堡，舉手要求：「再來一盤！」

——大胃王戰士各個表情猙獰，狼吞虎嚥地吃著熱狗堡。

果然是名副其實的大胃王「戰士」。豪邁地啃咬熱狗堡的模樣，與其說是吃東西，更令人聯想到戰鬥這兩個字。

「不過……勝利將會是妾身的！」

六喰輕聲低喃後，將手中的熱狗堡一把塞進嘴裡。

連咬都沒咬的熱狗堡就這樣吞進六喰的喉嚨。觀眾見狀，歡聲雷動。

六喰莞爾一笑後，伸手觸摸自己的喉嚨。

在快吃這件事上，這整個地球可說是無人能敵過現在的六喰。

因為六喰利用鑰匙天使〈封解主〉（Michael）在喉嚨裡開了一個極小的「洞」——將通過那裡的熱狗轉移到其他空間。

沒錯。在比賽開始前一刻，感受到熱度的手掌中出現了一支小小的鑰匙。

這麼說來，琴里曾經提醒過她，若是精神狀態不穩定，可能會造成靈力逆流，要她注意。恐怕是剛才胸口發疼，導致微量的靈力顯現了吧。

然後六喰發現只要使用〈封解主〉的力量，要贏得這場比賽並非痴人說夢。

犯規等級的優勢。即使在座的是大胃王戰士，只要胃的容量有限，就沒有人能無止盡地吃下去。關於大吃，六喰目前正是史上最強的存在。

話雖如此，浪費食物並非六喰的本意。照理說，通過「洞」的熱狗堡會保持原樣，傳送到六喰的房間。接下來只要冷凍保存，慢慢吃完就好。

總之，如今的第一要務是打敗十香，為了士道得到石窯烤箱。士道開心，自己當然也高興。不過，若是因為六喰送的禮物而開心，自然是更高興不過了。

「對不住了，十香。唯獨此事，妾身絕不退讓……！」

六喰露出犀利的目光，將第四盤最後的熱狗堡塞進喉嚨，舉起手。

『臨時參賽的星宮六喰選手，已經進入第五盤！好驚人的速度！……哦！這時另一人也舉手續盤了！是夜刀神十香選手————！』

聽見主持人的聲音，觀眾掀起一陣歡呼。

「——喔喔喔喔喔喔！」

「……！」

出乎意料的話語令六喰猛然轉頭望向十香。

於是，果然正如主持人所言，只見十香與六喰一樣將第四盤吃得一乾二淨。

「怎、怎麼會……」

六喰發出驚愕聲。

這也難怪。十香的食量確實非同小可，可是從上午開始，她就和六喰吃遍各個店家的巨無霸菜單，竟然還能以和六喰同樣的速度吃下熱狗堡。

裝滿熱狗堡的第五盤立刻送到十香面前。六喰與十香拿起熱狗堡，張大嘴巴，一人將熱狗堡扔進口中，一人則是一口咬下。

「…………！」

就在此時，又感到哪裡不對勁。

沒錯。在座的大胃王戰士無不露出宛如修羅的猙獰表情，將熱狗堡塞進嘴裡，唯獨十香吃得津津有味，一臉幸福。

「嗯，真是好吃。還以為比賽用的熱狗堡味道應該好不到哪去，沒想到還挺好吃的嘛……」

「唔唔……」

六喰看見十香陶醉的神情，輕聲發出低吟。

但她絕不認輸。她將熱狗堡塞滿嘴巴，保持速度，順利累積紀錄。周圍的大胃王戰士和觀眾們大概是萬萬沒想到一個臨時參賽的女孩會奮戰到如此地步，全都對六喰投以驚愕的目光。

而排名就這樣沒有變動，來到比賽尾聲。

其他大胃王戰士雖然仍繼續拚搏，無奈還是無法追上使用犯規技倆的六喰。

沒錯——最後只剩下一名敵手。

『——好了，時間也僅剩不多了！目前的冠軍竟然是美少女戰士星宮六喰！她那嬌小的身軀，究竟是怎麼容納下將近七十份的熱狗堡！而以半份熱狗堡的差距緊追在後的，也是一名美少女戰士，〈女王〉夜刀神十香！天宮市的女孩怎麼食量都如此驚人啊啊啊啊啊！』

主持人情緒高昂地炒熱會場氣氛。觀眾對於兩名少女出乎意料、大放異彩的表現，發出高聲歡呼。

然而，六喰本人卻心無餘力，儘管勉勉強強維持住冠軍寶座，但她完全沒想到十香會如此緊

大食い選手
※大胃王爭霸賽

追不捨。明明其他大胃王戰士都已漸漸放慢速度，只有十香的速度絲毫未減。

「……！」

「……！」

六喰與十香四目相交。當然，雙方口中都塞滿熱狗堡，沒有說話。但兩人之間卻以超乎言語的某種方式，進行毫無窒礙的交流。

——妾身絕不認輸！唯獨此事，恕難相讓！

——不賴嘛，六喰！好久沒比賽得這麼盡興了！

反正只要繼續保持現在的速度，優勝獎品便會落入六喰的手裡。十香再怎麼厲害，也敵不過胃中有無底洞的六喰——

「唔……？」

然而——

下一瞬間，六喰卻停下手的動作。

不對——是不得不停下。

當六喰想塞進不知是第幾份的熱狗堡時，喉嚨產生前所未有的觸感，導致她劇烈咳嗽。

那是熱狗堡真的塞進喉嚨的觸感——沒錯，恐怕是限定狀態的〈封解主〉力量減弱，令喉嚨裡的「洞」消失。

「怎麼……會……」

六喰的肚子本來就已經飽到快脹破了，「洞」一消失，她便無法再繼續吃下去。六喰當場無力地雙膝跪地。

「嗯唔嗯唔……再來一盤！」

在這段期間，十香吃完最後一份熱狗堡，舉手要求下一盤。

就在這一瞬間，「鏗鏗鏗！」響起宣告比賽結束的鑼聲。

『冠、冠軍出爐啦啊啊啊！最後的白熱戰勝出，獲得王者榮耀的是〈女王〉夜刀神十香！努力奮戰的星宮選手以一份之差飲恨，得到亞軍！』

「「唔喔喔喔喔喔喔喔喔喔喔喔喔喔喔！」」

擴音器響起主持人的聲音，觀眾高聲歡呼。

「唔……太遺憾了……」

六喰摀住嘴巴，擠出聲音。

這時，一隻手突然伸了過來——是十香。

「六喰，妳真厲害！妳果然也喜歡好吃的東西吧！」

「唔，唔……」

面對十香宛如運動家閃閃發光的神情，六喰不禁挪開視線。

不過，十香毫不在意地牽起她的手，將她一把拉起來。

哇啊啊啊啊！現場觀眾鼓掌歡呼。十香朝氣蓬勃地揮手回應。

「……十香，為何、為何妳能努力到此種地步？」

六喰面容憔悴地問了，十香便微微一笑說：

「我想吃很多好吃的東西。這次跟妳一起比賽，非常盡興喔！而且——我還是想看到士道開心的樣子！」

「唔……」

六喰看見十香天真無邪的燦爛笑容，唉聲嘆息。

大概是發現六喰神色有異，十香茫然地望向六喰。

「唔？妳怎麼了？」

「……毋須在意。只是有些自我厭惡。」

六喰嘆了一口氣，接著說：

「妾身因為想送郎君石窯烤箱，不惜耍弄計謀，卻落得此番結果——十香，妳真厲害，實在……令人佩服。」

「送士道石窯烤箱？喔喔，原來妳也想送禮物給士道啊？」

十香深感意外地瞪大雙眼。

就在這個時候，拿著麥克風的主持人走了過來。

『恭喜妳，夜刀神選手！這場對決真是精彩萬分啊！請問妳現在的心情如何？』

主持人如此說道，將麥克風朝向十香。十香「喔喔」地面向麥克風，面帶笑容回答：

『嗯！非常好吃喔！不過，真要說的話，番茄醬多一點比較符合我的口味！』

沒想到十香竟然發表起關於味道的感言，逗得觀眾不禁笑了出來。主持人也做出誇張的反應，繼續說：

『那麼，請收下獎品餐券和石窯烘烤微波爐目錄！』

「喔喔！」

十香從主持人手上接過兩個附有禮籤的信封後，高高舉起。觀眾再次鼓掌。

「——好耶。」

十香沐浴在掌聲之中，片刻後，瞥了六喰一眼，旋即將左手拿著的信封——石窯烘烤微波爐目錄遞給她。

「唔，嗯……？」

面對十香出乎意料的舉動，六喰目不轉睛地凝視著她的臉。於是，十香嘴角上揚，呈現出彎月的形狀。

「六喰，拿去送士道吧。士道一定會很開心！」

「什麼……」

六喰聽了瞬間目瞪口呆，赫然抖了一下肩膀。

「此言何意？那可是妳獲得之物，何來妾身收下之理？」

「嗯。是我的東西，所以我要給誰是我的自由！」

「可、可是……」

六喰欲言又止，隨後用力搖了搖頭。

「萬萬不可。妾身既已敗陣，便應由妳送給郎君。」

「唔……可是，妳不是也想送禮物給士道嗎？由妳送給士道，士道一定也會非常開心喔。」

「……！」

十香若無其事說出的話語，令六喰瞪大了雙眼。

啊啊——十香果真只是單純想看見士道開心的表情，由誰讓他開心則是其次。

「哈哈……著實是比不過妳啊。」

六喰全身虛脫，無力地笑道。

「還是由妳交給郎君吧。如此最好。」

「唔，可是……」

「得了。若非自己贏得之物——」

『那個～～……不好意思打擾兩位——』

當六喰與十香互相禮讓時，主持人插嘴說道。

「有何貴幹？」

『就是，我想頒發獎品給榮獲亞軍的星宮選手。是價值三萬圓的餐券，以及——高級壓力鍋組。』

「唔……！」

「喔喔……！」

主持人說完——

六喰與十香看向彼此。

◇

「士道！這個給你！是石窯烘烤微波爐！」

「郎君，收下便可！是壓力鍋組！」

一回到五河家，十香和六喰便將在大胃王爭霸賽中獲得的獎品遞給士道。

「哇！妳、妳們兩個是怎麼回事？怎麼會送我看起來這麼昂貴的東西……」

士道驚訝得眼珠子直打轉。十香和六喰互相看了一眼後莞爾一笑，面向士道。

「呵呵，不告訴你！」

「少女身上總是藏著祕密的，郎君。」

兩人面帶微笑說道，士道一臉疑惑，不久後嘆了一口氣，對十香和六喰綻放笑容說：

「總之……謝謝妳們兩個了。我正好想換新的烘烤微波爐和壓力鍋呢——好，今天就用它們來做美味的晚餐給妳們吃！」

「喔喔！好期待啊！」

「唔、唔……郎君，毋須勉強，明日或後日亦無妨……」

十香精神奕奕地回答。反觀六喰，則是按著腹部一帶，浮現抽搐的笑容。

就在三人談話時，二樓傳來「咚咚」的腳步聲，琴里突然探出頭來。

「哎呀，妳們兩個回來啦。」

「嗯！我們回來了！」

「唔嗯。」

十香和六喰回答後，琴里便來回望向兩人，呵呵微笑。

「看來誤會好像解開了呢——對吧，六喰。」

「……！」

琴里說完，六喰便像是想起什麼似的瞪大雙眼——仰望十香的臉。

「嗯……是呀，確實與妾身以前所見過的女人不同——十香。」

「唔？怎麼了，口吻那麼鄭重？」

「過去刻意避開妳，真是對不住。雖然有些遲了……今後還是請妳多多指教了。」

六喰如此說完，慢慢伸出手。

「喔喔！」十香眼神閃閃發亮，也伸出手打算和六喰握手。

——然而……

六喰的手卻掠過十香的手，直接一把抓住十香的胸部。

然後開始揉捏。

「什麼……！妳在幹嘛啊，六喰！」

「唔嗯……？妾身做錯了嗎？我聽說此地重修舊好時，必須互相揉捏對方的胸部……」

「是、是這樣嗎！唔、唔……聽妳這麼一說，我好像也在哪裡聽說過。既然是這樣，那也沒辦法了。我也……」

「妳們兩個，那是美九胡說八道的啦！」

當十香伸出手打算揉六喰的胸部時，琴里發出哀號般的響亮聲音打斷她。

體驗入學四糸乃

ExperienceYOSHINO

DATE A LIVE ENCORE 7

「那麼，今天老師要介紹新朋友給大家認識。」

天宮市內一所國中的二年B班教室裡響起班導開朗的聲音。

「——進來吧。」

班導輕輕招手說道。在走廊等候的七罪與四糸乃嚥了一口口水後，走進教室。

「……唔。」

兩人站到講桌旁，成排的國中生便對她們投以好奇的目光。七罪打從心底感到不自在地扭動身軀。

「妳們兩位自我介紹一下吧。」

「好、好的。」

四糸乃神色緊張地點點頭，面向教室裡的同學。

「我、我叫五河四糸乃……請大家多多……指教……」

她結結巴巴地向大家打招呼，低頭致意。四周響起掌聲。

接下來輪到七罪。七罪指尖微微顫抖，吸了一口氣後別開視線，發出聲音。

——我叫五河七罪。這次因為一些微不足道的原因來體驗入學，但請別跟我裝熟。還有，要是你們敢欺負四糸乃，我絕對不會放過你們。

七罪自認是這麼說的，然而事實上——

「……河……罪……不足……入學……但……糸乃……絕對……放過……」

在眾多初次見面的人注目之下緊張不已，幾乎發不出聲音。同學們儘管聽不懂她在說什麼，還是給予稀稀落落的掌聲。

「這個嘛，從兩人的名字可以推測出她們是我們班上五河琴里同學的親戚。今天是來體驗入學的，大家要好好照顧她們喔。」

「「是～～！」」

學生們精神百倍地回答班導說的話。

「……！」

七罪被這響亮的音量嚇得不禁抖了一下肩膀，想像著接下來即將開始宛如惡夢的一天，吐出沉重的氣息。

◇

事情始於幾天前在五河家客廳所發生的事。

「……妳、妳想去上學？」

七罪以絕望的心情複誦剛才震動鼓膜的那句話。

幾近詛咒的話語瞬間打亂七罪的心跳，使得大量的血液在體內循環。體溫上升，妨礙思考，明明沒有運動，額頭卻大汗淋漓。

不過，這也難怪。畢竟是「學校」，是字典裡記載相似詞為「煉獄」、「魔界」的那個「學校」。

然而說出那句詛咒的本人——四糸乃卻有些難為情地羞紅了臉頰點頭稱是，與七罪內心波折起伏的反應恰恰相反。

「對……看士道和琴里去上學，好像很開心……」

與七罪不同的美麗捲髮，與七罪不同的可愛面容。若是集世界的「可愛」於一身，肯定會形成像她那般的模樣吧。這名少女的容貌就是可愛得令人不禁冒出這種想法。

「學校啊……」

「原來如此。」

一對坐在沙發上的男女摩娑著下巴，回應女神的聲音。一名是五官中性，看似溫柔的少年；另一名則是用黑色緞帶紮起雙馬尾，看似好勝的少女——他們是這個家的主人，五河士道、五河琴里兄妹。

「很好啊。」
「沒錯。〈拉塔托斯克〉也很歡迎精靈主動提出想做的事。」
「什麼……！」
面對兩人出乎意料的反應，七罪發出變調的聲音。
「你、你們兩個給我等一下！你們是打算把四糸乃扔進那種魔窟嗎？」
「什麼魔窟……妳也太誇張了。」
「一點都不誇張好嗎……！那種地方，不過是囚禁少年少女的強制收容所嘛！反覆執拗的訓練！造就囚犯的階級制度！無法融入團體的人，就必須在嘲笑與侮蔑中度過……！是濃縮人類社會醜惡部分的場所耶！」
「……竟然把學校說得那麼難聽。」
琴里傻眼得甚至感到佩服般聳了聳肩。
七罪憤慨的態度令四糸乃臉色一沉。
「學、學校是那麼恐怖的地方嗎……？」
「沒錯！可別被賺人熱淚的校園劇給騙了！那不過是校方缺德的宣傳方式罷了！引發一大堆問題，最後大家還是和樂融融地參加畢業典禮。最好會有這種事啦！心腸歹毒的霸凌者一輩子都一樣是人渣，怕事的老師根本沒什麼屁用！就算播放金八老師的插曲唔！」

七罪的嘴巴突然被摀住，說不出話來。

琴里唉聲嘆息，接著說：

「妳冷靜一點啦……我也不是不懂妳想說什麼。畢竟學校這種地方，確實跟以往的環境不同。如果不能確保精神狀態的穩定性，我這個〈拉塔托斯克〉的司令官也不會允許。」

琴里瞥了一眼四糸乃的左手——正確來說，是戴在她左手上的兔子手偶「四糸奈」說了。

「哎呀～～怎麼啦，琴里？被四糸奈的魅力迷得神魂顛倒了嗎？」

「四糸奈」以逗趣的動作扭動腰部。琴里賞了她一個白眼，用手指彈了彈她的額頭。

「好痛～～！」

「啊唔唔……」

大概是猜到琴里的考量，四糸乃一副垂頭喪氣的模樣。

七罪也隱約了解琴里的言下之意。四糸乃要是沒有朋友「四糸奈」的陪伴，便會立刻感到不安，導致封印的靈力逆流。如果是降下傾盆大雨倒還好，要是四周結冰可就麻煩了。

七罪看著兩人的互動，心想可以藉由琴里的決定逃過一劫，立刻握拳擺出勝利姿勢。

「說、說的也是呢！四糸乃要上學還太早了……！沒關係啦，四糸乃，學校那種地方——」

不過，七罪話還沒說完，琴里便插嘴說道：

「——但我剛才也說了，〈拉塔托斯克〉會盡可能實現精靈的願望。這次就先以體驗入學的形式，看看四糸乃是否有辦法適應學校這個環境。去我念的國中可以吧？」

「……！真、真的嗎……！」

「喔喔！太好了呢，四～～糸乃！」

聽見琴里說的話，四糸乃表情一亮，和「四糸奈」一起開心不已。

「…………」

在如此和睦的氣氛中，只有七罪一人僵在原地，握住的拳頭無處安放地不停顫抖。

「——所以……」

就在此時，琴里將視線投向七罪。

「七罪妳要去嗎？」

「咦咦！」

聽見這出乎意料的話語，七罪發出高八度的聲音。這也難怪。因為她萬萬沒想到事情會波及到自己。

「別、別鬧了，我可不要。我絕對不去那種地方……！」

「哦……是嗎？既然妳不想去，我也不會勉強妳。我只是怕四糸乃去上學後，妳會覺得寂寞，才順便問看看而已。」

「唔……！」

七罪啞然無言。

琴里說的沒錯。大部分的精靈都在上學，要是四糸乃不在，七罪就得自己一個人度過平日的白天。

「七罪……」

四糸乃眼眸微微濕潤地凝視七罪。

被女神用這樣的眼神凝望，怎麼好意思拒絕？七罪的額頭冒出汗水——

「…………我去就是了啦。」

沉默數十秒後，死心般嘆了一口氣。

◇

「——好，那妳們兩人去找個空位坐下吧。」

在2年B班的教室裡，班導指著空位說道。四糸乃點點頭。

「好的。」

「啊……！好……」

七罪緊接著挪開視線，點頭回答。兩人各自朝空位走去。

雖然沒有和七罪、琴里坐在一起，內心有些不安，但四糸乃輕輕深呼吸，改變念頭。她之所以會想來上學，不僅是出自單純的嚮往，也想慢慢融入人類社會。若是因為這點小事就感到忐忑不安，以後可就前途堪慮了。

正當四糸乃如此思忖時，班導說明了幾個簡單的聯絡事項，班會便結束了。所有學生同時起立、敬禮，再坐下。

「……！」

這時，四糸乃一雙眼睛瞪得老大。

因為周圍的學生們露出一副好奇心旺盛的表情，聚集到四糸乃的座位。

「我問妳喔，妳是從哪裡來的？」

「那隻兔子是什麼？」

「呃，呃……」

面對突如其來的提問，四糸乃不知該如何是好。於是，「四糸奈」做出逗趣的動作回答：

「嗚呼～～大家對四糸奈充滿好奇嗎？畢竟正值青春期嘛。」

「嗚哇！說話了！」

「白痴啊，是腹語術吧。」

「好厲害～～好可愛～～！」

在「四糸奈」的幫助下，氣氛越來越熱鬧。四糸乃本來還擔心能不能與初次見面的同學相處融洽，看來是多慮了。

然後——

「我說，能否讓我也自我介紹一下？」

就在四糸乃結結巴巴地回答大家的問題時，突然傳來這樣的聲音。人牆朝兩邊分開，出現一名帶領著跟班，乍看之下像個千金小姐的少女。

「妳是……」

「妳好，我是綾小路花音，擔任這班的班長。」

「啊……請、請多指教……」

四糸乃點頭致意。於是，花音發出「哼哼」兩聲，浮現得意的笑容。

「有什麼不懂的事，請儘管問，問我這個綾小路花音！」

「好、好的。綾小路同學——」

「咦？妳該不會從我的姓氏發現了吧？呵呵呵，我想也是。沒錯！在之前的天央祭校花比賽獲得冠軍的綾小路花梨，就是我的姊姊。那場誘宵美九擔任評審的比賽！」

「這、這樣啊……？」

花音不知為何突然炫耀起來；四糸乃瞪大眼睛茫然地回應她。周圍的同學則是表現出一副

「又開始了……」的樣子，面露苦笑。

「沒錯。不過，放心吧，我完全不會因為這件事而驕傲。因為厲害的是受到誘宵美九認可的姊姊，而不是我。我只是和美麗又心地善良的姊姊流著同樣的血液罷了！」

「啊、啊哈哈……」

當四糸乃被綾小路的氣勢所震懾時，她的手機忽然震動了起來。

「啊——」

四糸乃從包包裡拿出手機。這麼說來，她來上學卻忘了事先關機。雖然對打電話過來的人過意不去，但她還是打算關機。

然而就在這時，班上的一名同學看見螢幕上顯示的名字後，發出驚叫。

「——咦?等一下，四糸乃，妳的螢幕顯示的是……誘宵美九！」

「……咦?」

花音聽了雙眼圓睜，探頭看向螢幕。然後心存懷疑地皺起眉頭，按下通話鍵。

「啊……！」

於是下一瞬間，設定為擴音的聲音響遍四周。

『哈囉～～！四糸乃！聽說妳開始到國中上學了，是真的嗎～～！下次一定要讓人家拍妳穿制服的照片，可以嗎！可以吧！……嗯嗯?』

大概是耳尖聽到學生們吵嚷的聲音，美九發出納悶的聲音。

『啊，妳現在該不會在學校吧？——班上的同學～～！人家是誘宵美九～～！世紀美少女四糸乃就拜託各位照顧嘍～～！』

「……！那、那個，美九，我待會兒再打給妳……」

四糸乃滿臉通紅，操作畫面中斷通話。

不過，騷動怎麼可能就此平息。剛才的通話聽得一清二楚的同班同學們興奮地尖叫：「「喔喔喔喔喔喔喔！」」

「剛才那是怎樣？是美九九本人嗎？」

「聽那聲音，應該是本人吧！」

「咦！四糸乃，妳認識誘宵美九嗎？」

「這、這個嘛……呃……啊哈哈……」

四糸乃笑著蒙混過去，關掉手機電源，將手機收回包包。

「…………唔唔……」

在瞬間情緒高漲的同學之中，花音有些不甘心地拳頭顫抖，然而忙著應付同學的四糸乃並沒有察覺到這件事。

「…………」

七罪一語不發，獨自怔怔地注視著氣氛熱鬧的四糸乃的座位。

不對，正確來說，一開始也有兩三個同學靠近七罪，但七罪沉默不語，不肯注視別人，最後便再也沒有人接近她了。

「七、罪～～」

這時，一名少女踏著輕盈的腳步來到七罪身邊——是琴里。她目前是以白色緞帶綁頭髮，和七罪她們穿著同一所國中的制服。

「……幹、幹嘛？」

「真是的～～妳這樣不行啦～～難得大家跑來跟妳說話耶～～」

琴里說完做出比平常更俏皮的動作，戳了戳七罪的鼻子。琴里的態度令七罪不禁眉頭深鎖。

「……咦，妳這是怎麼了，琴里？感覺很噁心耶，是吃壞肚子了嗎？」

「嗯～～？妳在說什麼呀～～？我平常就是這樣啊～～」

琴里保持微笑，使勁勒緊七罪的頭。

「痛痛痛痛！」

七罪連忙拍了拍琴里的手……這時，她才終於想起來，琴里會藉由改變緞帶的顏色來區分國中生和司令官模式。

「真是的～～……重點在於，七罪妳也得跟大家好好相處才行。」

「少、少囉嗦啦……我又不想融入大家……」

「妳又說這種話了～～」

琴里無奈地說完，像是想起什麼似的捶了一下手心。

「啊，對了。」

然後從自己的座位拿來一本筆記本，放到七罪的書桌上攤開。

「七罪，妳隨便畫個什麼插圖吧。」

「……啥？」

「什麼都行。像是二亞漫畫裡的角色如何？」

「……妳、妳到底想幹嘛啦……」

琴里死皮賴臉地搖晃七罪的肩膀央求她畫圖。七罪皺起眉頭嘆了一口氣，不得已拿起筆，簡單地畫起二亞漫畫裡的角色。

「嗯，畫得真好。」

琴里滿足地點點頭後，吸了一口氣，大聲說：

「嗚哇～～！好厲害喔！原來七罪妳那麼會畫畫啊～～！」

「……咦！」

琴里突如其來的行動，使得七罪發出錯愕的聲音。

於是，對琴里的聲音產生反應的同學們紛紛瞥了一眼書桌上的筆記本，驚呼道：

「咦！這是妳畫的嗎？」

「好強～～！是《SILVER BULLET》的法蒂瑪耶！」

「妳還會畫其他角色嗎？」

「咦……！啊……！呃……！」

七罪的周圍瞬間聚集了學生。七罪驚慌失措地游移著雙眼。

「超會畫！這根本不是國中生畫的水準了吧。」

「真的耶～～！好厲害喔～～！」

「……呃，那個……」

「問妳喔，妳將來要當漫畫家嗎？」

「趁現在先要個簽名好了～～！」

「……嗚，嗚嘎啊啊啊啊！」

七罪受不了眾人的讚賞，高聲吶喊，同時撕破筆記本。

「嗚哇！」

「這、這是怎樣……？」

「少瞧不起人了……少瞧不起人了……！你們嘴上這麼說，其實內心卻在嘲笑我吧！認為我畫漫畫很宅很噁心吧！我都知道！我都知道啦！」

「咦、咦咦……」

面對七罪的勃然大怒，同學們一臉困惑，嚇到般紛紛散開。

「呼！呼……！──好痛！」

七罪正氣喘吁吁時，她的頭頂落下一記手刀──是琴里。

「笨蛋。」

「唔唔……」

七罪說不出話來，重新坐回椅子上，趴在書桌上祈禱下課時間快點結束。

◇

──由此可知，之後的情況也八九不離十。

第三堂課。四糸乃她們上完數學、英文課後，換上體育服到體育館集合。

上課內容似乎是排球。不過是進入比賽形式前的階段，以練習托球為主。

「好，那大家自己找朋友組成一組～～」

穿著運動服的體育老師如此大聲說道的同時，身穿體育服的學生們七零八落地散開，找朋友組隊。

「呃，我……」

四糸乃不知所措地環顧四周，發現獨自佇立在原地的七罪。

「啊，七罪——」

她移動腳步，想和七罪組隊。

不過就在那一瞬間，一頭公主捲髮晃到眼前，阻擋四糸乃的去路——是綾小路花音。

「哎呀，四糸乃同學！難道沒有人跟妳一組嗎？」

「啊，不，那個……」

即使四糸乃試圖解釋，花音也聽不進去。她晃著豐厚的頭髮，接著說：

「真拿妳沒辦法！如果妳那麼堅持，要本小姐跟妳一組也未嘗不——」

「啊，四糸乃，跟我一組吧～～」

「咦～～我也想跟四糸乃一組～～」

「那猜拳好了，猜拳。」

這次則是花音話還沒說完，兩側就出現了其他同學包圍住四糸乃。

「…………」

花音擺出高聲尖笑的姿勢僵在原地。一名跟班同學將手擱在她肩上安慰她。

學校是個等同於無間地獄的惡夢空間，其中最殘忍的莫過於實習科目了吧。退個一百萬步來說，學科倒還好。雖然偶爾會點人回答問題，但基本上只要坐在座位上安靜聽課，總是能捱過去。

但實習科目就沒辦法了，必須自動自發行動，重點是──

「好，那大家自己找朋友組成一組～～」

體育老師若無其事地高聲吶喊出「這句話」，簡直就是死亡咒語。對社交能力低下的學生來說，這句話的殺傷力甚至容易導致立刻死亡。

「欸欸，我們一組吧～～」

「嗯，好啊～～」

「…………」

七罪佇立在原地，一步也無法移動，怔怔地望著一個又一個組成的團體。

既然是上課的一環，七罪也必須跟別人一組才行，但她怎麼可能那麼容易達成主動與人攀談這種天怒人怨的超高難度要求。現在採取行動的班上同學全是超凡入聖的等級。

說起來，在上課分組時把決定權交給學生自己判斷這種行為本身，根本是老師怠忽職守，卻包裝成名為自主性的美麗糖衣。畢竟也有學生不擅與人交際，應該由老師事先決定好分組吧。況且，沒必要採取分組的形式來上課吧。應該說，必須破壞名為學校的靈魂牢籠才對，所有的教育透過網路來教授就夠了。站出來吧，落單者！爭取真正的獨立！爭取真正的自由！

當七罪沉浸於恐怖主義思想中時，身穿體育服的四糸乃和琴里各從不同的方向輕輕揮手，朝她走來。

「啊，七罪──」

「喂～～七罪～～」

「……！妳們兩個……」

七罪有種陰暗的地獄裡射進一道希望之光的錯覺。此刻她的心情簡直就像犍陀多發現從天垂下的蜘蛛絲一樣。

分組果然還是應該由學生自己決定。既然全班同學不可能全都相親相愛，由老師擅自決定分組的話，不熟的同學會感到尷尬，朋友一組也能提高效率吧。沒錯，就像現在的七罪一樣──

「哎～～呀，四糸乃同學！難道沒有人跟妳一組嗎？」

「琴里～～！我們一組吧～～！」

「啊，不，那個……」

「哇、哇哇！」

不過，在兩人快要走到七罪身邊時，便各自被其他的團體拉走了。

「…………」

七罪伸到半空中的手不知所措地放下後，再次沉默不語，挪開視線。

「大家都分好組了嗎？那各組開始練習托球……呃，妳怎麼一個人？」

「……！」

七罪盡可能不引人注意，試圖抹去存在感，與背景融為一體，但在一群一群的團體中，一個人孤孤單單佇立在原地的姿態還是很引人注目的樣子。體育老師走了過來。

「啊！……我，身體……保……」

七罪本來想找藉口說自己身體不舒服好逃到保健室休息，卻無法隨心所欲地發出聲音。

當然，她那細小的哭訴聲並沒有傳到體育老師的心裡。結果，七罪在其他學生時不時偷看之下，拚命追著不懂得手下留情的老師（高中時期似乎有打進排球全國大賽）所發出的球。眼淚奪眶而出。畢竟她是女孩子呀。

◇

通知第四堂課下課的鐘聲響遍整個校舍。

學生們引頸期盼的午休時間到來。大家從書包或便當袋拿出便當，與朋友併桌吃飯。

四糸乃也跟大家一樣，從書包裡拿出便當。

「……♪」

並不是故意，而是自然而然地哼起歌。因為在學校吃午餐是她看過校園連續劇後，期待許久的其中一段時間。

當然，她並非對平常的午餐有什麼不滿，只是和朋友一起在特別的空間吃便當是她不為人知的憧憬。

而且，這個便當是今天早上士道連同十香、琴里她們的便當一起做給她的。四糸乃總是對此感到羨慕，如今算是一次實現了兩個願望。

「唔嗯～～妳心情很好嘛，四糸乃～～」

「嗯……！」

四糸乃面帶笑容回應「四糸奈」的聲音後站起來，打算跟七罪和琴里她們一起吃便當。

這時，她的視野中恰巧冒出一頭公主捲髮。

「哎～呀，四糸乃同學！妳一個人嗎？如果妳堅持——」

「啊，四糸乃，一起吃飯吧～」

「來，過來這裡～」

「哇！四糸乃妳的便當好漂亮喔～！」

「咦，那、那個……」

一群手拿便當盒的女學生從花音身旁一湧而上，將四糸乃帶到自己那一桌。花音定格片刻後，朝四糸乃投以怨恨的眼神——不過，四糸乃還是沒發現。

「…………」

七罪將便當盒放在大腿上，一個人默默地吃著午餐。

她目前所在的地方並非教室，而是四面環壁的狹小空間。中央設置著椅子形狀的器具，牆壁上則陳設著捲筒紙——就是所謂的廁所隔間。

當然，七罪一開始也打算在教室用餐，但四糸乃和琴里一如往常地被其他小圈圈的同學們霸占，她只好一個人來到這裡。

就算七罪獨自在教室吃便當，想必也不會有人在意吧，但七罪過剩的自我意識將充斥四周的那些不經意的視線和說話聲轉變成殺人不見血的凶器。那邊那群女生該不會在說我的壞話吧；剛才看了我一眼的男生應該是在鄙視我吧——種種的妄想令七罪的心騷動不已。

況且，四糸乃和琴里肯定也覺得自己別待在教室，省得礙眼吧。琴里自然不用說，四糸乃也跟自己不同，看來與同學們都相處得很融洽。既然如此，總不能讓自己這種汙穢之物打擾她難得的午餐時光，這才是最好的選擇。

「……咦？」

七罪滿腦子都在胡思亂想，吃著便當時，突然停下筷子。士道平常總是調味得恰到好處的迷你漢堡排，如今吃來卻感覺有一點鹹。

就在這個時候——

廁所門外傳來「砰！」的一聲巨響，接著傳來粗暴的嗓音，令七罪赫然屏息。

「那女生是怎樣啊……氣死我了！虧本小姐綾小路花音特別關照她，她竟然完全不理會我的好意！」

一走進廁所，花音便氣憤地高聲說道。於是，緊接著走進廁所的女學生小槐紀子無奈地聳了聳肩。

「不，我想四糸乃同學沒有不理妳。真要說的話，感覺反而是妳沒在聽她說話。」

「給我閉嘴！」

花音嚴厲地打斷紀子，氣得雙手直打顫，咬牙切齒。

「我忍無可忍了……既然她態度那麼傲慢，我也有我的考量。」

「咦……妳打算做什麼？」

「這還用說嗎？不把我放在眼裡，可是罪大惡極。我要不斷找她的碴，讓她心裡留下陰影，不敢再來上學！」

「嗚哇啊……別這樣吧……」

「少囉嗦！我說到做到！」

花音大喊後，簡單檢查了一下妝容，氣勢洶洶地回到走廊。

女學生以怒不可遏的態度咆哮完，離開之後。

單間廁所的門「嘰……」地輕輕開啟。

「…………」

廁所內的少女一語不發地皺起眉頭，一臉嫌麻煩地嘆了一口氣。

◇

「呵呵呵……首先怎麼說也必須來這一招吧。」

學生大致吃完午餐後，花音回到教室，玩弄著手上的四角形物體，露出陰險的笑容。

「……？那是什麼？」

紀子一臉疑惑地說道。花音用食指和中指夾起四角形物體後，猛然舉到紀子眼前。

「妳看不出來嗎？是橡皮擦啊，橡皮擦。」

「我看得出那是橡皮擦，我是問妳要拿它來幹什麼。」

「呵呵，這還用說嗎？」

花音從筆袋拿出美工刀，將橡皮擦切成一小塊一小塊的。然後把橡皮擦塊放到手掌，用另一隻手彈出，擊中紀子的頭。

「……呃？」

突然受到砲擊的紀子目瞪口呆地歪著頭。花音盤起胳膊，揚起嘴角。

「怎麼樣啊？這是我的祕技，橡皮擦大砲。大概是天意吧，那女人的座位就在我前面。開始上課後，我就用這個攻擊她，讓她分心，無法集中精神上課，突然被老師點到名也說不出答案，逐漸精疲力盡……呵呵呵呵！」

「……呃，哎，我想是會挺煩的啦。」

紀子一臉困惑地回應花音狠毒至極的策略。花音不滿地嘟起嘴脣。

「怎樣，妳有意見嗎？」

「是沒有啦，但我以為妳肯定會想出更殘忍的手段。」

「比如怎樣的手段？」

「咦？唔……我想想喔，好比在她的鞋子裡放圖釘；在她上廁所時潑水；撕破她的課本；把她的書桌扔出窗外，說這裡沒有妳的位子！之類的……」

「天……天啊！妳在想什麼啊！這樣她未免也太可憐了吧！」

聽見紀子舉的例子後，花音不禁大叫出聲。

「…………啊，對，妳說的沒錯。」

紀子一副無法釋懷的樣子，但還是點頭認同。

就在這時，表示午休結束的鐘聲響起。學生們接二連三回到自己的座位。

「好了，紀子，妳也回座位吧。然後看我怎麼教訓她。」

「喔。」

紀子敷衍地回答後，乖乖回到自己的座位。

不久後，當事人五河四糸乃在花音前面的座位坐下，教授第五堂課的老師走進教室。起立、敬禮、坐下後，立刻開始上課。

「呵呵呵……」

花音在課本後面偷偷將橡皮擦切碎後，放到掌心，瞄準四糸乃的後腦杓彈去。

小小的橡皮擦塊猛力地飛向四糸乃——

不過，在快要擊中後腦杓時，彷彿被一道隱形的牆壁阻擋下來般彈回花音的方向。

「好痛！」

「綾小路同學，妳有什麼問題嗎？」

出乎意料的發展令花音不禁驚叫出聲。老師一臉疑惑地看向她。

「啊……不，沒事。」

花音如此說完，等老師重新上課後，再次彈出橡皮擦塊。不過——結果一模一樣。橡皮擦塊在快要擊中四糸乃的時候，又彈了回來。

「…………」

咻、咻、咻，發射連續攻擊。花音耐不住性子，一口氣彈出製作好的橡皮擦塊。不過，全都被彈了回來，宛如暴風雪般落到花音的頭上。

「……啊啊，討厭！這到底是怎麼回事啦！」

「綾小路同學！」

「……！啊，對不起……」

被老師狠狠瞪了一眼，花音挪開視線，縮起肩膀。

◇

「……可惡，剛才怎麼會發生那種事！」

第五堂課結束後，花音氣憤不已地苦著一張臉。不僅挨老師罵，滿頭橡皮擦塊的模樣還被同學們嘲笑，而且有好幾塊橡皮擦卡在頭髮裡，不好拿出來。真是難堪極了。

「不知道……大概是在椅背豎起了一張透明墊板吧？」

走在旁邊的紀子口吻透露著些許厭煩的情緒如此說道。花音明顯不悅地嘟起嘴脣。

「所以妳的意思是，那個女人早就發現我會射她橡皮擦了嗎？」

「這個嘛……我怎麼會知道。」

「……算了，換下一招。」

「是喔？妳接下來打算怎麼對付她？」

紀子嘴上這麼說，卻一臉不感興趣的樣子。花音微微一笑，指向她手上的圍裙。

「妳以為我們接下來要上的是什麼課啊？」

「是……家政課啊。今天好像要做餅乾，對吧？」

「沒錯。我要在那女人的餅乾麵團裡撒上一大把鹽，讓她一口咬下去，鹹得臉皺成一團！」

「……噢，這樣喔。」

紀子不知為何傻眼地回她一個白眼。不過，花音毫不在意，哼著歌走進烹飪教室。

烹飪教室已經聚集了穿上圍裙、戴上三角巾的學生們。其中最吸引大家目光的便是——可恨的五河四糸乃。

雖然只是在制服外面穿上一件藍色圍裙、頭戴三角巾，但她的可愛與楚楚可憐的模樣相輔相成，營造出令人動心的氣氛。而且連她左手上戴著的兔子手偶也穿著同樣的服裝，真是可愛到破表啦。

「嗚哇……那是怎樣，好可愛喔……」

「……？花音同學？」

「！我、我什麼都沒說。」

花音清了清喉嚨蒙混過去後，快速穿戴好圍裙和三角巾。

——然後鐘聲響起，開始上課。

分成小組，製作餅乾。幸好花音她們的組別分配到四糸乃那一組旁邊的調理臺。不愧是花音，真是走運。

「……就是現在！」

花音一邊做餅乾一邊伺機而動，在四糸乃手邊的餅乾麵團加入大量的鹽巴，然後攪拌，讓麵團的外觀看不出有動過手腳後，回到自己的位子繼續進行手邊的作業。這期間只花了五秒，技巧快速得令人神不知鬼不覺。

「奇怪……？」

「嗯？四糸乃，怎麼了嗎？」

「沒有……只是感覺麵團好像比剛才多……」

「是嗎？不是差不多嗎？別管了，趕快用模具取出形狀來烤吧！」

「啊……好的，說的也是。」

受到組員的催促，四糸乃開始用模具取出形狀。花音斜眼觀察她的行動，揚起嘴角邪笑。

經過三十分鐘。全部的組別都壓完模，放進烤箱。打開烤箱後，烹飪室飄散著香氣。

「喔喔～～！感覺好好吃喔！欸欸，四糸乃，妳嚐嚐看味道吧！」

「好、好的！」

四糸乃臉頰泛起紅暈，點頭答應後，將一片烤好的餅乾扔進嘴裡。

「呵呵呵……」

材料
麵粉
砂糖
烹飪實
餅乾

花音用手摀住嘴巴好遮掩她不禁彎成新月狀的嘴角。不過——

「！很好吃……」

「咦？」

聽見四糸乃說出意想不到的話語，花音一雙眼睛瞪得老大。

花音加入的鹽不是普通的多，不可能烤出有辦法下嚥的成品。

可是，四糸乃的表情看起來並不像在忍耐鹹味。這究竟是怎麼回事？

「花音同學，我們也來嚐嚐味道吧。」

「咦？好、好的……說的也是。」

聽同組的紀子這麼說，花音儘管心存疑惑，還是扔了一片自己這組烤的餅乾到嘴裡。

接著——

「！鹹死人啦～～！」

口中感受到一股強烈的刺激，花音發出哀號，當場跳了起來。咳嗽不止，連忙大口灌水。

「呼！呼！這、這是……！」

花音滿臉大汗，氣喘吁吁——這股強烈的味道，不會錯，是花音加入大量鹽巴的餅乾。

難道是在放入烤箱的階段，不小心跟四糸乃那一組對調了嗎？要不然說不過去。不對，難不成是四糸乃故意這麼做的——？

花音愁眉苦臉地思索著這個問題時，紀子咬著餅乾，納悶地歪過頭。

「花音同學，妳怎麼了啊？」

「！紀子，妳沒事嗎？」

「妳是指什麼事啊？很好吃啊。」

「這、這到底……是怎麼回事啊？」

花音的表情染上困惑之色，發出低聲沉吟。

◇

「——我綾小路花音的優點就是，永不放棄！」

放學後，花音在空無一人的教室裡擺出誇張的姿勢，高聲吶喊。

「缺點是糾纏不休。」

「要妳管啊！」

紀子語帶嘆息地說道，花音凶狠地回應她。紀子做出摀住耳朵的動作忍過後，望向花音。

「所以，妳還要出什麼招？反正都會失敗，我勸妳差不多該收手了吧。」

「妳在說什麼蠢話啊！我受到這麼大的屈辱，怎麼能默默退出！」

「不，這完全是妳自己在唱獨角戲吧。」

紀子死心般嘆了一口氣後，「所以——」接著說：

「這次妳打算怎麼做？」

「呵呵呵……妳看那個。」

花音說著指向教室門口——正確來說，是夾在門上方沾滿粉筆灰的板擦。

沒錯。就是教室惡作劇的原點與頂點的砸板擦。

「……還真是老套。」

「老套就是因為夠經典，才會留傳下來！」

花音大聲說完，紀子便將手抵在下巴低吟：

「可是，已經放學了耶。四糸乃同學也已經回家了吧。」

「呵呵呵……妳還太嫩了。妳忘了今天是誰當值日生嗎？」

「值日生……好像是琴里……妳該不會……」

「沒錯！如果親戚是值日生，通常都會幫忙然後一起回家吧！現在兩人剛好去倒垃圾了，應該差不多該回來了吧。然後，琴里因為雙手拿著垃圾筒，所以開門的會是四糸乃同學！怎麼樣！我的計畫很完美吧！」

「……這如意算盤不會打得太過理想了嗎？」

「不會！她會這麼做的！因為她看起來就很善良嘛！」

「妳這是在誇獎她不是嗎……」

「少廢話……啊！噓！別說話！她來了！」

走廊傳來腳步聲。花音拉著紀子躲到桌子後頭。

「——抱歉喔～～四糸乃。這下子工作都做完了。」

「沒關係……可是，七罪她……」

「啊～～她說她有事，先回去了……到底是什麼事呢？」

四糸乃與琴里一邊交談一邊走近教室。花音壓抑著自己越來越大聲的心跳，迫不及待看到四糸乃推開門的那一刻。

然後，微微開啟的門縫撫上疑似四糸乃的小手。

「……好耶！」

花音猛力握拳。

然而——

「……咦？」

喉嚨發出錯愕聲。

不過，那也是理所當然。因為門是打開了，夾在門上方的板擦卻沒有掉下來，彷彿邊緣貼上了雙面膠帶。

「怎、怎麼會……」

花音話語未落，下一瞬間，天花板掉下一個大金屬盆，直接砸向花音的腦袋。

「唔呀！」

突如其來的衝擊令花音發出驚叫聲，癱倒在地。四糸乃與琴里大吃一驚，俯視花音。

「呀！啊，綾小路同學……？」

「咦，妳在做什麼呀？」

「咦！啊……呃，我……」

花音語無倫次，於是四糸乃憂心忡忡地伸出手慰問：「妳沒事吧？」不過——

「……四糸乃，沒必要拉她起來。」

此時傳來一道含糊的聲音，隨後位於教室角落的掃除用具櫃的門「砰」的一聲打了開來。

「！七罪！」

七罪從掃除用具櫃裡現身後，四糸乃吃驚得雙眼圓睜。順帶一提，花音則是怯生生地顫抖著肩膀。

「噫！拖把妖怪！」
「誰是拖把妖怪啊！」
七罪忍不住大喊……然後，用手簡單梳理自己的一頭亂髮。
緊接著，琴里一臉費解地歪著頭。
「姑且不論這個……妳說沒必要拉她起來，是什麼意思？」
「……就是字面上的意思。那傢伙在門上面放板擦，想要砸中四糸乃。」
「……！」
七罪瞇起眼睛鄙視地說道，花音又抖了一下肩膀。
「綾小路同學嗎……？」
「真的嗎？」
「……是啊。還不只這件事呢。她在上課時打算射四糸乃橡皮擦，以及在烹飪實習課的餅乾裡加鹽。她這樣是自作自受。」
「什、什麼……」
聽了七罪說的話，花音表情愕然。
她的臉上除了表現出「妳怎麼會知道」的意思，似乎還富有其他含意。像在證實這句推論似的，花音顫抖著說：

「難、難道妳——」

「……哼。」

七罪嘆息回應驚慌失措的花音。花音看似因此察覺了一切，一臉困惑地凝視著七罪。

沒錯。只要利用七罪的天使〈贗造魔女〉（Haniel）的力量，就能輕易在四糸乃背後築起一道透明之牆、改變餅乾的味道，以及製造與開門、關門動作相連的金屬盆陷阱……不過，想必花音肯定無法理解這個原理吧。

「怎、怎麼可能……少假了！因為那幾乎是我一時興起冒出的想法！妳絕對不可能知道我要幹什麼！」

花音焦躁地說道。

七罪一臉不悅地皺起臉回答：

「……我當然知道。因為妳——跟我的思考模式一模一樣。」

「咦！」

花音將身體向後仰。

當然，七罪並非能百分之百正確地預知花音想要的花招。只是，在所有能想到的找碴方式設下陷阱——前提是花音的行動沒有超出範疇。只要鎖定目標，對擁有能讓物質變質的天使〈贗造魔女〉的七罪來說，並不是什麼難事。

另外——在觀察她後發現的還有一件事。七罪落井下石般猛然伸出手指向花音。

「……不夠狠心又漏洞百出。真要說的話，妳以前也遭受過這種對待吧？」

「……！妳、妳妳妳妳在說什麼……！」

七罪說完這句話後，花音明顯眼神游移，說話聲音變調。

不過，當她全身顫抖了片刻後——

「嗚……！嗚嗚……」

眼眶泛起淚光，無力地低下頭。

「啊，綾小路同學……」

「啊～～妳惹人家哭了～～」

「錯、錯不在我吧……！」

琴里戳了戳七罪的側腹部說道。儘管七罪明白自己沒必要慌張，還是有些焦躁地回答。

花音顫抖著肩膀，抽抽噎噎地發出細小如蚊的聲音：

「才、才不是……是其他人跟不上我的程度罷了……可是卻……搞什麼啊……每個人都瞧不起我……」

滴答滴答——地板呈現出淚水的痕跡，花音憤恨地如此低喃。

「………………唉。」

七罪見狀搔了搔頭，嘆了一大口氣。

花音的所作所為絕不值得讚賞……可悲的是，七罪察覺到了她真正的希望。

七罪再次嫌麻煩似的嘆息後，走到花音眼前。

「……我不知道妳有什麼苦衷，但妳想要加害四糸乃的罪過必須好好償還才行。」

然後她如此說了，半強迫地拉起花音。已經萎靡不振的花音「噫！」地發出窩囊的哀號……

感覺七罪才是真正的壞人一樣。

「七、七罪，我真的沒關係……」

「……不行，必須好好做個了結……好了，快站好。低頭向四糸乃道歉。」

「為、為什麼我非這麼做不可……」

「…………」

七罪默默地掐了花音的側腹部，花音「噫！」地扭了一下身體。

「對、對不起……」

「很好。接下來，伸出右手。」

「像、像這樣嗎……？」

「……沒錯。然後跟著我唸——『請跟我做朋友』。」

「請跟我做朋友……呃，咦！」

像個傀儡一樣聽從七罪指示的花音吃驚地瞪大雙眼。

不過，已經來不及了。因為她伸到前方的手早已被察覺狀況的四糸乃牽起。

「好……我才要請妳多多關照。」

四糸乃說完莞爾一笑。她那可愛至極的笑容令花音滿臉通紅。

「為、為什麼……」

花音紅著臉望向七罪。七罪冷哼了一聲，移開視線。

「……我不是說過嗎？妳的思考模式跟我很像……擺明了就是希望別人在乎妳，才故意招惹人的。真是蠢死了。」

「咦……啊……」

花音一臉茫然地發出聲音。七罪別過臉後，揮了揮手。

「……這世上都是些無可救藥的人渣，我也不是不明白妳的心情。不過四糸乃人很好，一定會仔細關注妳，所以妳偶爾也坦率一點吧……那麼，接下來就讓妳們兩個朋友好好相處，我先回去了。」

……七罪覺得自己有點太好心了，再加上自己說得頭頭是道卻沒付諸實行過，還有臉教訓別人——不過，偶爾一次也無所謂吧。她如此思忖，朝教室門口走去。

就在此時——

「等、等一下！」

當七罪正打算帥氣地離開時，背後傳來花音的聲音。

她連忙繞到七罪的前方。

「……幹、幹嘛？想打架嗎？」

七罪皺起眉頭，握拳擺出戰鬥姿勢。

不過，花音卻出乎七罪預料地伸出右手，下定決心似的說：

「請、請跟我……做朋友……！」

「……………………………啥？」

聽見花音口中說出意想不到的話，七罪目瞪口呆。

但是從花音的表情看來，並不像在胡鬧。困惑的七罪望向四糸乃和琴里求助。

然而，她們兩人只是愉悅地面帶微笑。琴里聳了聳肩調侃：

「妳們不是……想法很相近嗎？」

「唔唔……」

七罪不知該說什麼，視線慢慢移回花音身上——發出帶點緊張的聲音回答：

「……那個，那就……呃，那個…………請多關照了。」

「……！好、好的！」

聽見七罪的回答，花音滿心歡喜地綻放笑容。
四糸乃、琴里，以及與花音一起的女學生見狀，一臉無奈又有些開心地拍了拍手。

「我回來了～～！」
傳來琴里這樣的聲音以及玄關的門打開的聲響。
「回來啦～～」
在廚房準備晚餐的士道如此回應後，響起「啪噠啪噠」跑過走廊的聲音。不久後，三名身穿國中制服的少女來到了客廳──是妹妹琴里，與今天去體驗入學回來的四糸乃和七罪。
「喔，妳們三個，回來得真晚呢。」
士道瞥了一眼牆上的時鐘說道。時刻已經超過晚上六點。對沒有參加社團活動的琴里來說，回來的時間有點晚。
「嗯。我們放學後去街上的咖啡廳坐了一下。」
「喔喔，原來如此。」
士道輕輕點頭回答。雖然平時經常和四糸乃、七罪見面，但一起從同一所學校回家，這經驗還是挺新鮮的吧，會想在外面多逛一會兒，或許也是理所當然。

「——所以，上學上得如何？」

士道用圍裙擦了擦手問道，四糸乃便朝他綻放出燦爛的笑容。

「非常……開心！士道做的便當也……非常好吃！啊，這個，是送你的餅乾！那個，我以後……還想去上學……！」

「喔，謝謝——是嗎？那就好。」

聽四糸乃開懷地笑道，士道也跟著感到開心。士道回以微笑後，接著望向七罪。

「七罪呢？」

「…………哼。沒什麼，跟我猜想的一樣，糟透了，根本不值得去。」

「啊哈哈……這樣啊。那真是——」

說到這裡，士道發現了一件事。

七罪嘴上抱怨歸抱怨，表情倒是跟平常有些不一樣。

「七罪，妳是不是發生了什麼好事？」

「……！啥、啥？沒有啊！」

聽見士道說的話，七罪反應激烈。

「……不過，該怎麼說呢？」

「嗯？」

「……如果四糸乃說她還想去上學，要我陪她去也不是不行啦。」

「嗯……這樣啊。」

雖然不清楚到底發生了什麼事……但士道隱約猜想得到今天吃晚餐時，氣氛肯定會比平常還要熱鬧。

情人節狂三

ValentineKURUMI

DATE A LIVE ENCORE 7

「——呵呵呵，呵呵。」

時崎狂三心情愉悅地微笑望著擺放點心材料的陳列架。

這名容貌可愛的少女有著一頭烏黑亮麗的秀髮、白皙的肌膚，纖瘦的身體穿著黑色大衣。

不過，光是她滴答滴答規律地刻劃時間的左眼，就透露出她非比尋常的經歷。

「那麼，該選什麼好呢？」

狂三喜上眉梢地自言自語，依序拿起羅列的巧克力。

她目前位於天宮大道上的一家糕點材料行。店裡擺滿了方便融化的巧克力塊、巧克力筆、砂糖製留言板，甚至是包裝用的各色包裝紙。

也難怪她會跑到這種地方。因為今天是二月十一日，離戀愛中的少女們的慶典——情人節只剩三天。

當然，狂三的目的也是手工巧克力的材料。她在腦海裡描繪巧克力的完成品，將可能需要的東西扔進購物籃中。

不過，狂三既沒有打算來場甜蜜的愛情告白，也沒有到處分送人情巧克力的意思。

「——嘻嘻嘻，嘻嘻。」

狂三拿起可可含量高的黑巧克力，揚起嘴角。

「真是令人期待呢，士道。」

沒錯。這是擄獲擁有封印靈力的能力的少年——五河士道的手段之一。

因此狂三為防萬一，正在這間糕點材料行物色手工巧克力的材料。

交談的話語是扎心的長槍。

觸碰的指尖是切膚的利刃。

那麼，這個巧克力便是將士道的心防炸得粉碎的炸彈。

一切都是為了讓士道迷戀上自己。

……絕對不是基於想討士道歡心，或是想得到他的稱讚這類理由才這麼做的。

「……哎呀？」

這時，狂三突然抽動了一下眉毛，轉頭望向後方。

似乎感覺到一股視線。

然而，背後不見疑似的人影。

狂三背後只有地板、牆壁，以及落在那裡的狂三的影子罷了。

「啊啊……」

猜想到視線主人的狂三微微聳了聳肩，繼續物色巧克力的材料。

◇

「嘻嘻嘻嘻嘻嘻。」

「嘻嘻嘻嘻嘻。」

在漆黑幽暗的影子中響起無數笑聲。

影子中——這個表達方式既非比喻，也不是什麼誇飾法。

並非在表示一個陰暗的場所或杳無人跡的地方。因為落在牆上和地板的黑影中，有好幾名少女的氣息。

無數——容貌相同的少女。

「哎呀、哎呀，這是在做些什麼呢，『我』？」

察覺笑聲的少女——其中一名「狂三」高聲說道。

於是，容貌相同的「狂三」們點了點頭回答。

沒錯。待在影子裡的，全是「狂三」。是利用操縱時間的天使〈刻刻帝（Zafkiel）〉的力量重現出來的時崎狂三過去姿態的分身。

「啊啊，『我』，正在稍微偷看影子外面的情況呢。」

「『我』也在看嗎？」

「發生什麼事了？」

「是呀、是呀。『我』似乎正在購買巧克力的材料呢。」

「哎呀、哎呀。」

「狂三」一邊說一邊用手抵住下巴，跟其他「狂三」一樣窺視外面的世界。

果然正如「狂三」所說，看見狂三本人正在糕點材料行尋找巧克力材料的身影。

「原來如此，是要送給士道的禮物吧。」

「是的、是的。『我』看起來一副興致勃勃的樣子。」

「呵呵呵，看得我有些害羞呢。」

分身們看著狂三的身影笑道。

沒錯。從影子望見的狂三看起來比平常開心。

不過，其中一名分身見狀，像是想起什麼似的高聲說道：

「可是，『我』好像說過，這終究是為了讓士道迷戀上自己的手段吧。」

「是呀，確實說過。」

「甚至強調沒有其他意思。」

分身如此說完，其他分身又存疑地回答：

「咦咦～～」

「真的嗎？」

「有點可疑呢～～」

「啊，哼起歌來了呢，在哼歌。」

「本人好像沒發現耶。」

「在哼情人節之吻呢，選曲有點老派。」

眾「狂三」妳一言我一語地笑道。

她們並非在取笑狂三。畢竟對她們來說，狂三本人等於她們未來的模樣。真要說的話，說是溫情守護比較恰當吧。

「不過——」

其中一名「狂三」望著狂三的背影吐了一口氣。

「有點羨慕『我』呢。」

「是呀、是呀，確實如此。」

「我也想送士道禮物。」

「我能理解……但不能擅作主張。」

「是啊、是啊。況且我們還有任務在身呢。」

「可是……」

「不行。」

「不過……」

「但是……」

雖說所有人都是「狂三」，但重現的年代不同，思考方式和價值觀都有些微的差異。儘管大目的是共通的，但每個人未必會給出相同的回答。

眾「狂三」的聲音在影子中層層迴蕩。

◇

「——好了，準備萬全。」

二月十三日夜晚，在市內多處的據點之一。

狂三穿著內衣褲，扠著腰，為了即將迎來的決戰之日做最終檢查。

制服，準備好了；禦寒用品，準備好了；鞋子，準備好了；內衣褲——

「呵呵。」

狂三面向全身鏡擺出姿勢，輕輕點頭。

包覆白皙光滑肌膚的性感內衣褲。雖說是自賣自誇，但天底下沒有幾個男人看到這副模樣還不動心的。

「準備好了。還有——」

狂三「呵呵」地彎起嘴角，轉過身指向放在桌上的可愛盒子。

「巧克力，也準備好了。」

巧克力本身的完成度自然不用說，她對包裝漂亮一事也自信滿滿。狂三一臉滿足地微微一笑後，小心地將盒子裝進紙袋。

就在這時——

「……哎呀？」

狂三突然歪過頭。

落在房間地板上的影子冷不防地起伏了一下後，從中爬出一名與狂三容貌相同的少女。

而且她身穿的靈裝破爛不堪，肩膀上下晃動，痛苦地喘息著。看見她那非比尋常的模樣，狂三不禁皺起眉頭。

「呼……！呼……！不、不好了，『我』……」

「！究竟發生什麼事了？難不成是士道有什麼危險——」

狂三說完，分身猛力搖了搖頭。

「我、『我』們造反了……！」

「……什麼？」

聽到這出乎意料的話，狂三的表情染上困惑之色。

造反。她當然明白這個詞彙所代表的意思。不過，她的腦海卻無法順利將這個詞與自己那群尖兵分身連結在一起。

分身群確實是狂三過去的經歷。根據截取的時期不同，有些個體會像所謂的叛逆期那樣不安分。

不過，狂三的目的始終不曾動搖。因此所有分身即使有個人差異，想法應該是共通的才對。

然而，分身卻眼神認真地仰望狂三，接著訴說：

「起初是發生了一點小口角，後來，強硬派的『我』們勢力開始增強。」

「強硬派的『我』。」

聽見這耳生至極的話語，狂三不禁目瞪口呆，像鸚鵡一樣複述一遍。

分身熱情激動地接著說：

「我以及其他穩健派的『我』們拚命想要勸架，可是……」

「穩健派的『我』。」

「正確來說，是新時崎派與舊時崎派之間發生爭論，狂三原理主義的代表『我』乘機帶領

『我』們蜂起反抗。不對……如今回想起來，搞不好一切都是照著『我』的盤算在發展……」

「……我聽不太懂，簡單來說，是發生什麼事了？」

狂三搔了搔臉頰說道，分身便點點頭繼續說：

「一部分的『我』們結成送禮物給士道同盟，離開影子了……」

「……！妳怎麼不早說！」

聽見分身說的話，狂三瞪大雙眼，發出變調的聲音回答。

什麼造反啦、強硬派啦、穩健派啦，盡用些抽象的表達方式讓人有聽沒有懂，這可是重大事件啊。

分身多管閒事，不僅有可能妨礙到狂三的目的——重點在於……

「過去的『我』要送禮物給士道……？開、開什麼玩笑呀……」

狂三臉色一陣鐵青，立刻彈了一個響指。

瞬間，影子纏繞住狂三的身體，形成赤黑色洋裝。靈裝。精靈身穿的絕對鎧甲，亦是堡壘。

「必須馬上阻止……！有幾個叛徒？」

「大部分的強硬派被我們擋下了，但有四名主謀趁亂脫逃了……」

「四人啊？我知道了——剩下的『我』們，繼續各自的工作。」

「妳該不會打算一個人去吧？又不清楚『我』們的下落……」

狂三下達指示後，分身憂心忡忡地說道。

狂三冷哼了一聲，轉過身。

「沒有餘力調動多餘的人員了。況且——也不想想我是何方神聖？我可是『我』們所有人最終抵達的姿態喲。『我』們腦袋裡在想些什麼，我可是瞭如指掌。」

狂三如此說完，當場輕輕一躍，潛入影子之中。

◇

——月光從窗外灑落，教室中充滿夢幻的光芒。

時刻是深夜兩點。空無一人的學校裡，響起一道輕微的腳步聲。

那並非值班的老師，也不是偷偷潛入校舍拿忘記帶走的物品的學生，而是精靈——「時崎狂三」。

「呵呵呵，呵呵。」

「狂三」輕輕微笑後，瞇起眼睛欣賞這氣氛優美的光景，慢步在教室中。

她目前位於來禪高中二年四班的教室。

是狂三過去插班就讀的班級，也是五河士道所屬的班級。

「狂三」規律地依序撫摸並排的書桌一邊前進，在某張書桌前停下腳步。

「我記得……好像是這裡吧。」

她如此說完揚起嘴角邪魅一笑——沒錯，如果「狂三」的記憶無誤，這裡就是士道的座位。

「呵呵……」

「狂三」緩緩地從手上的紙袋拿出包裝漂亮的盒子——是巧克力。

打算將它藏在士道的抽屜裡。

如此一來，明天早上士道上學後應該就會發現巧克力和充滿謎團的留言——

就在這個時候——

「——到此為止了，『我』。」

耳熟的聲音響起的同時，「狂三」的視野中突然冒出一個身影。

「什麼……！」

面對突如其來的事態，「狂三」抽動了一下肩膀，望向聲音來源。

便看見背對月亮，悠然交抱雙臂站著的狂三本人。

「……果然被我猜中，來到這裡了呢。」

狂三立刻發現一名叛徒，不悅地皺起眉頭。

地點是來禪高中二年四班。似乎是打算將巧克力放進士道的抽屜裡。

「哎呀、哎呀……這不是『我』嗎？這麼晚了，來這裡做什麼？」

被當場逮到的「狂三」卻不慌不忙，氣定神閒地如此說道。

話雖如此，倒也不是完全不驚慌。畢竟站在眼前的是以前的狂三。狂三大概能理解她的心境，只是單純覺得驚慌失措很難看罷了。

不過，挑明這一點也有些不識趣……重點是，自己也難免會感到有點心酸。狂三瞇起眼睛嘆了一口氣。

「少裝傻了，『我』。我已經聽說了──『我』還真是擅作主張呢。」

她望向沐浴在月光下的叛徒，如此說道。

當然，對方是分身，儘管容貌與狂三一模一樣，身上穿的服裝卻與現在的狂三有些不同。

穿的是以黑白色為基調的哥德蘿莉風洋裝。頭髮放下沒有紮起，頭上戴著薔薇形狀的髮飾。

而稱得上最大特徵的，是她的左眼。戴著醫療用眼罩，遮掩住時鐘之眼。

……距今數年前，因為厭煩分身全和自己做相同的打扮，有一陣子便打扮成其他模樣，試圖做出區別。這名眼罩狂三穿著的哥德蘿莉服裝，大約是五年前的服裝吧。

如今因為領悟到外表相同才能混入分身之中欺騙敵人的雙眼，才與分身做同樣打扮，但狂三也曾有一段時期爆發自己的個性。

就這層意義而言，這名眼罩狂三可說是狂三天敵般的存在。因為每個人都擁有的往昔痛苦的回憶……也就是所謂的「黑歷史」，以人形的模樣呈現出來，想也知道那對心靈健康是多麼嚴重的打擊。

眼罩狂三大概是明白再裝瘋賣傻也沒有意義，便吐了一口氣，聳了聳肩秀出原本打算藏在士道抽屜裡的盒子。

「總是『我』嚐盡甜頭，這樣不是很詐嗎？我們也想送禮物給士道呀。」

眼罩狂三理直氣壯地如此說道。狂三儘管感到不耐煩，還是回答：

「這個時代的時崎狂三是我本人。妳終究只是重現過去的我的分身，不要妨礙我的計畫。」

「可是，在我的時代裡並沒有遇見像士道那樣的人呀。況且，不過是增加幾個禮物，沒什麼問題吧。」

「問、題、可、大、了……！」

聽見眼罩狂三說的話，狂三難掩怒氣地提高音量。

然後氣勢洶洶地慢步前進，搶走眼罩狂三手上的盒子。

「呀！妳這是做什麼啊！」

眼罩狂三投以責備的視線。然而，狂三不予理會，看向盒子。

「我最信不過的就是過去的我的品味了！要是妳送他奇怪的東西，害他嚇到怎麼辦！」

「說什麼奇怪的東西，真是太失禮了。裡面裝的就是普通的巧克力呀。」

眼罩狂三嘟起嘴脣說道。

原來如此，這句話應該是真的吧。不過，問題不在那裡。狂三看向貼在包裝盒上的卡片。

「……這是什麼？」

一臉不悅地仔細端詳。

那是一張名片大小的黑色卡片，上頭並未寫上留言或聯絡方式，而是只以異常帥氣的字型（感覺像是神祕人物透過通訊器對話時會顯示在螢幕上的字體）印上「K」這個字。

簡直就像怪盜的預告信。

——我將前去盜取你的心……真是煩死人了！狂三暗自在心中吐槽。

把要素一個一個分開看的話，或許是頗帥氣的。但是全部放在一起會營造出一種令人不忍卒睹的羞恥感。

然而，眼罩狂三卻目瞪口呆地歪頭表示疑惑。

「不感覺很帥嗎？」

「哪裡帥呀……！退個一百步讓妳送巧克力好了，但為什麼要附上這種東西呀！」

「如果不附這個，他就不知道是誰送的……啊！」

說到這裡，眼罩狂三像是察覺到什麼似的赫然瞪大雙眼。

「原、原來如此……聽妳這麼一說，確實有理。」

然後雙手顫抖不已。狂三見狀，唉聲嘆了一口氣。

「妳終於明白了嗎？」

「是啊……只印了一個『K』字，有可能會讓他誤以為是琴里或耶俱矢送他的吧。還是加個時鐘的符號下去比較……」

「才不是這樣啦啊啊啊啊啊！」

狂三激動地大喊，用力踏一下地板。

於是，影子從那裡蔓延擴散，抓住眼罩狂三的腳。

「呀！」

眼罩狂三發出尖叫——但或許是立刻察覺到狀況，她臉頰流下汗水，依然露出狂妄的神情。

「真是遺憾……看來我只能在此收手了——不過，我是狂三四天王中最不足為道的小人物。真期待妳會如何對抗其餘的三個『我』！嘻嘻嘻嘻！嘻嘻嘻嘻嘻嘻——」

眼罩狂三說完便被吞噬進影子之中。

「……我說，狂三四天王是什麼玩意兒？」

狂三覺得有些頭暈目眩，但還是潛入影子當中去捉拿下一個叛徒。

◇

狂三接著來到來禪高中校舍內的鞋櫃前。

雖然不知道剩下的是哪一個時代的狂三造反，但既然是過去的狂三，勢必不會放過把巧克力放進鞋櫃這種主流的做法。

「……果然在這裡呢。」

狂三探頭看向士道鞋櫃前的空間後，語帶嘆息地如此呢喃。

果不其然，有一名分身正打算將巧克力盒塞進士道的鞋櫃。

猜中固然是開心，但一想到自己竟然如此了解她們的想法，果然是同一人物，狂三便覺得有些憂鬱。

總之，必須阻止分身做出脫序的行為。狂三故意加重腳步聲，堂堂登場。

「立刻住手，『我』。」

「……！什麼……」

狂三現身後，分身微微抽動了一下眉尾，面向狂三。

「…………」

狂三端詳她的容貌，感覺自己的臉頰半自動地不斷抽搐。

她也跟剛才的「狂三」一樣，穿著打扮有別於普通的分身。身穿所謂的哥德龐克風服裝，全身上下纏繞著繃帶。右手、左腳，當然遮蓋住左眼的也是繃帶。

雖然剛才的狂三也好不到哪裡去，但這名狂三想要強調自我與眾不同的方式更是有過之而無不及。狂三莫名一陣頭疼，依然回望她的雙眼。

於是，繃帶狂三冷靜沉著地開口說：

「哎呀、哎呀……這不是『我』嗎？這麼晚了——」

「啊啊，這一段剛才已經說過了，省省吧。妳是第二人，束手就擒吧。」

狂三一副嫌麻煩的樣子如此說道，繃帶狂三便不滿地嘟起嘴。

「咦咦，這樣太奸詐了。人家也想表現出強者風範，也想故意等敵人復原後再交戰。」

「……那是什麼情況？」

狂三嘆了一口氣，指向繃帶狂三手上的包裹。

「話說，要是妳把那個盒子交給士道，可能會引發各種問題。我現在就把它收回來。」

「這樣太霸道了！這個禮物到底有什麼問題！」

繃帶狂三反駁道。不過，狂三一點也不同情，瞇起雙眼狠瞪那份禮物。

「……我說，為何要用英文報紙包裝？」

「這樣不是很帥嗎？」

「……那麼，為何要用十字架圖案的緞帶綁起來？」

「這樣不是很帥嗎？」

「……那麼，為何包裝紙上到處都是血跡？」

「這樣不是很帥嗎？」

緗帶狂三立刻回答，看來是打從心底這麼認為。狂三用手扶著暈眩的額頭，輕聲呻吟。

「妳聽仔細了，『我』。妳可能會大感意外，但很少人會喜歡這種包裝。」

「咦！是嗎？」

「是的。尤其是血跡，更是萬萬不可。就算裡頭裝的只是普通的巧克力，大多數的人都會害怕裡面到底裝了什麼，有些人可能還會不確認內容就直接丟掉。」

沒錯。那些血跡看來並非印刷，而是實際滴在包裝紙上。雖然不知道那是不是真的血，但要是鞋櫃裡放著那種東西，任誰都會覺得可疑吧。老實說，那種不祥的模樣，與其說是巧克力的包裝，更像是塞了什麼小動物的屍體。

緗帶狂三聽了狂三說的，由衷感到意外地瞪大雙眼。

「怎麼會！我才沒有放那種可怕的東西呢！裡面裝的是巧克力——」

「就說了，妳包裝成那樣，就算裡面裝的東西很普通……」

「——還有骷髏頭的對戒而已！」

「幹嘛送那種不必要的東西呀啊啊啊啊！」

狂三大喊後，地板上便和剛才一樣有影子擴散開來，纏住繃帶狂三的腳。

「咦～～～～！」

繃帶狂三發出假惺惺的哀號聲，被吸入影子之中。

同時禮物盒從手中掉落，掉在教室的地板上。

狂三用眼睛追逐禮物，慢慢蹲下，撿起那只盒子。

「……哎呀？」

就在這時，發現了剛才位於視線死角的地方有某樣東西。

緞帶之間夾著一張卡片。

「…………」

狂三拿出卡片一看，背面用血寫著：「Welcome to the hell!」

「…………」

狂三就各種意義而言身體抖了一下，將盒子扔進影子中。

◇

「……總之，已經抓到一半的人了。」

抓到兩名分身，離開學校的狂三，徜泳在影子中前行。

……換算成時間，還不到三十分鐘，感覺卻已精疲力盡。她不禁嘆了一大口氣。

「哎呀、哎呀，覺得累了嗎，『我』？」

「別勉強了。今天就先休息吧？」

兩名分身出言慰勞狂三。

狂三卻無法坦率地接受她們的安慰。

不過，這也是理所當然的事。因為出聲攀談的，正是剛才被抓的眼罩狂三和繃帶狂三。

當然，狂三為了不讓兩人作惡，牢牢綁住了她們的手腳，但並沒有堵住她們的嘴巴，因此從剛才起兩人動不動就插嘴干涉狂三的舉動。

狂三嫌麻煩地瞇起雙眼，怒視兩人。

「若是想安慰我，還不如告訴我其餘兩名分身的行蹤。如此一來，我就能立刻入眠了。」

然後冷哼一聲說道。

眼罩狂三和繃帶狂三彼此看了一眼後，輕輕點點頭，依序開口：

「這麼說來，第三個『我』好像說過要去找法國的巧克力師拜師學藝，好製作出最美味的巧克力呢。」

「是呀、是呀，的確是這樣。第四個『我』好像說過要去千里達及托巴哥採集優質的可可豆呢。」

她們一本正經地胡說八道……這些當然是假的，明顯是想包庇其餘兩名分身。

狂三再次厭煩地嘆了口氣回答：

「是嗎？多謝妳們寶貴的情報——那麼，我就來調查士道從家裡走到學校的那條路吧。」

「唔唔！」

「哎呀！」

狂三說完，眼罩狂三和繃帶狂三明顯抽動了一下肩膀……這反應連狂三自己都覺得未免太容易被看穿了。

看來下一個地點果然就是那裡。

不過，這也合情合理吧。既然抓住了學校教室與鞋櫃這兩大重點，接下來可能性最高的自然是士道平時走過的道路。

但狂三並未掌握到具體的地點。她從影子裡躍出夜路後，仔細探查四周的情況。

於是——

「……！」

狂三沒走幾步便抖了一下肩膀，停下腳步。

理由非常單純。因為道路正中央擺放了一個長寬約一公尺的大箱子。

而且還不是普通的箱子，整個箱子貼滿了五顏六色的水鑽，沐浴在街燈下閃閃發光。綁在蓋子上的緞帶是蕾絲材質，簡直無比花俏。

「…………」

狂三一臉疑惑地蹲下，將耳朵慢慢湊近箱子。

「——哼哼哼，哼哼哼～～♪」

於是，箱子裡傳來耳熟的聲音。

「…………看我的！」

狂三猛然站起，直接抬起右腳踹倒箱子。

箱子倒得歪七扭八，蓋子打開，裡頭滾出一名分身。

「痛死人了啦！」

分身按著受到強烈撞擊的頭，當場蜷縮在地，低吟了幾秒，朝狂三投以怨恨的視線。

「妳、妳這是做什麼呀……！」

「這是我要問妳的吧。」

狂三露出銳利的眼神瞪向分身。

她的打扮與剛才被抓的眼罩狂三和繃帶狂三都不同，因為她的服裝根本不是黑色。她身上穿的是裝飾了一堆荷葉邊的純白洋裝，頭戴無邊軟帽，還有愛心形狀的可愛眼罩。

沒錯，就是俗稱甜美蘿莉風的裝扮。以前狂三有一陣子特別喜歡做這樣的打扮，而天使之力準確地重現出那一部分的分身。

話雖如此，當眼罩狂三和繃帶狂三現身時，狂三也大致猜想到這個個體的存在了。她鬱悶地嘆了一口氣，不甘願地望向剛才踢倒的箱子。

「……這個箱子是什麼？」

狂三語氣厭煩地問了，甜美蘿莉狂三便得意洋洋地挺起胸膛。

「妳在說什麼呀？當然是『把我當成禮物送出去』啊！」

甜美蘿莉狂三自信滿滿地回答。狂三有些頭暈，將手抵在額頭上。

「……所以妳才把自己裝在箱子裡嗎？」

「是的、是的。不過有個小小的缺點，就是有點冷。」

「……難不成妳原本打算一直待在箱子裡，直到士道經過？」

「那是當然的呀，我是禮物嘛——啊啊，我也有準備巧克力，請放心。」

「…………」

狂三板著一張臉，沉默不語。總覺得要吐槽的地方太多，已經不知道該說些什麼了。

但是甜美蘿莉狂三不怎麼在意的樣子，扶起倒地的箱子，有些自豪地秀給狂三看。

「妳看，這個蓋子的部分是我的精心傑作。我花了好久的時間才把全部都弄得亮晶晶的。啊，還有這個側面，是貓咪圖案喔。另外……」

甜美蘿莉狂三樂開懷地解說自己的作品。

狂三莞爾一笑，將右手舉向前方。一把手槍從影子裡飛到她的手中。

「〈刻刻帝〉——」

「喂！等一下啦！」

狂三握住手槍後，甜美蘿莉狂三連忙大喊。

「這裡，妳看這裡！打開蓋子後，背面用紅色水鑽貼出『Kurumi♡』！這肯定會讓士道小鹿亂撞！」

「【四之彈（Dalet）】♡」

狂三溫柔地微笑，扣下手槍扳機。

操縱時間的天使〈刻刻帝〉的能力之一，時光倒流的【四之彈】射中箱子，甜美蘿莉狂三的傑作瞬間變回材料。

「呀啊啊啊啊！我的五小時又四十五分鐘啊啊啊啊！」

甜美蘿莉狂三當場跪下，看著散落的水鑽發出哀號。

不過，狂三完全不予理會，在地面擴大影子後，連同那些裝飾材料將甜美蘿莉狂三吞噬。

「閃閃發亮的，多美麗呀啊啊啊啊！」

甜美蘿莉狂三發出詭異的吶喊，被吸進影子中。

就在這個時候——

「……哎呀？」

狂三發現一只小盒子掉在路上，又是花俏地以荷葉邊和蕾絲素材過度裝飾。一隻黑貓玩偶抱著這只盒子。這肯定是甜美蘿莉狂三準備的巧克力盒吧。

狂三無奈地嘆息，將它扔進甜美蘿莉狂三消失的影子中。

「好了……終於只剩下一人了。」

沒錯，叛徒應該有四人。眼罩狂三也說過狂三四天王這種莫名其妙的話。

不過，眼罩狂三、繃帶狂三、甜美蘿莉狂三，造反的都是狂三的經歷中個性尤其「獨特」的個體。狂三有些不安，擔心最後一人會是什麼時期的自己。

「……算了，再怎麼煩惱也於事無補。」

她搔了搔頭，換個想法，抬起頭。

「還有一個人，說到能把禮物確確實實交到士道手上的地方……」

狂三將手抵在下巴沉思，臉則抬得更高了。

「────呵呵呵。」

靜謐無聲的房間裡響起細小的笑聲。

這也難怪。時刻已經來到夜半三點，待在這房間裡的人早已進入深沉的夢鄉。

「狂三」觀察周邊的狀況後，從影子現身。

這是一個約三坪大小的空間。木質地板上擺著書桌與書架等家具，牆上則掛著制服。

而這個房間的主人正在房間角落的床上發出輕聲鼻息。

沒錯。為了送士道巧克力而結盟的最後一名「狂三」選擇的地點──正是「士道的寢室」。

透過教室的桌子、鞋櫃、家裡的信箱，確實有辦法送巧克力給士道。

但是，這個地方百分之百能將巧克力送到士道手中，因為士道本人就在這裡。只要像聖誕老人一樣將巧克力擺在枕邊，等士道起床便能同時發現禮物。

還有一個優點是，能比住在同一個屋簷下的琴里早一步將巧克力送到士道手中。

而且——

「呵呵呵，呵呵。」

「狂三」開心地微笑後，踏著緩慢的步伐走向床邊。

當然是為了將巧克力放到枕邊——到時候，也能順便看一下士道的睡臉。

「狂三」思考著這種事，伸手觸摸棉被。

然而下一瞬間——

「呀噫！」

棉被裡突然伸出一隻手，一把抓住她的手腕，令她不禁發出高八度的驚叫聲。

一時之間還以為是被士道發現了——然而並非如此。因為抓住「狂三」的手的，顯然不是男生的手。肌膚白皙、纖瘦，感覺很眼熟——

「——逮到了，『我』。」

「狂三」驚慌失措地雙眼圓睜，狂三本人便從棉被裡現身。

狂三抓著「狂三」的手臂，慢慢爬出棉被。

沒錯。她預料最後一名分身勢必會來這裡，便鑽到士道的被窩中。

「妳是最後一個吧，『我』。」

「唔──」

狂三說完，分身硬是甩開她的手，退到後方。

於是，從窗外灑進來的月光照耀出分身的模樣。

「…………」

狂三看見分身的容貌後，臉頰不由得抽搐了一下。

這也難怪。畢竟那名分身也和之前的三人一樣，穿著打扮有別於其他普通的分身。

黑底花朵圖案的華麗和服、和服腰帶風的束腹、從寬大袖口露出的荷葉邊──還有，遮蓋左眼的眼罩是宛如柳生十兵衛的刀鐔風格。

沒錯。如今站在狂三眼前的，是打扮成和風哥德蘿莉，也就是所謂的「和風蘿莉」的個體。

「……啊！啊～～……」

狂三扶額，像是憶起過去般發出聲音。

……對了，自己似乎曾經做過這樣的打扮啊。

該怎麼說呢？狂三基本上是熱愛哥德蘿莉式裝扮，但曾有一段時期突然覺得日式風格看起來很帥氣。又是仔細調查刀名、經常使用舊字體，又是憧憬大正浪漫、穿著袴褲和服的……任誰都經歷過這樣一段時期吧？狂三在心裡為自己找藉口。

「妳那是什麼反應？」

和風蘿莉狂三對狂三的反應猜疑地皺起眉頭。狂三無力地露出苦笑，抬起頭。

「……沒有，只是想說當時自己不知道哪根筋錯亂了。」

「什麼哪根筋錯亂！」

和風蘿莉狂三聽了，出聲抗議。

「和風搭配哥德風！日本風搭配洛麗塔！這身裝扮正是我所追求的真理的模樣！」

「……別說什麼『洛麗塔』好嗎？不知為何，我感覺自己背後起了一陣雞皮疙瘩。」

狂三突然打了個哆嗦，清了清喉嚨打起精神。

然後直接蹲下來，拾起應是和風蘿莉狂三剛才弄掉的巧克力盒。

「啊！我、我的朱古力！」

「就叫妳別這樣了。」

狂三臉頰流下汗水，看向手上的盒子。

色彩鮮豔的千代紙包裝，加上有花邊的緞帶……當下已經將送禮人的品味展露無遺，但問題在於盒子附送的東西。

一瞬間還以為是類似眼罩狂三那樣的卡片，但並非如此。上頭寫著「士道收」，有點厚——沒錯，是信封。

「…………」

狂三湧起一股不祥的預感，打開信封。和風蘿莉狂三大叫：「啊～～！呀～～！」但狂三毫不在意地看向信封裡頭的信紙。

「…………我的天啊。」

數秒後，狂三感覺自己的額頭冒出斗大的汗珠。

那是一封矯揉造作的情書，而且還誤解了大正浪漫的含意，用文言文寫得不倫不類。唯一慶幸的是，由於是依樣畫葫蘆寫下的毛筆字，簡直像天書一樣難解。

狂三冒著冷汗，但還是想辦法緩和心跳，再次抬起頭。

「……總、總之，妳的想法我早就摸透了。束手就擒吧。」

於是，和風蘿莉狂三猖狂一笑，回答：

「是嗎、是嗎……不愧是未來的『我』呢。想不到竟會被妳搶先一步，巧妙地擺了一道。」

「被自己誇獎也沒什麼好高興的——」

「而且，竟然以埋伏為藉口，與士道同床共枕……成熟的『我』果然行事大膽呢。真是受教了。」

「…………」

和風蘿莉狂三說完，狂三沉默不語。

這時，床上的士道正好「唔……」地翻了個身。

「…………」

狂三將棉被重新蓋到士道的肩上後，面向和風蘿莉狂三，在她的腳下擴大影子。

「咦咦咦咦！冷處理嗎啊啊啊！」

和風蘿莉狂三留下這句話，被吸進影子中。

「……呼。」

和風蘿莉狂三的身影從士道的房間消失後，狂三的影子也恢復原本的大小。狂三輕輕吐了一口氣，伸了伸懶腰。

「真是的……這下子全都收拾完畢了。」

讓我多費了一番心力。明天就是關鍵時刻了耶——

「…………」

這時，狂三的腦海突然掠過和風蘿莉狂三剛才說的話，於是瞥了士道一眼。

那張呼吸平穩、毫無防備的睡臉。

「…………！」

狂三輕聲屏息後，別過臉移開視線。

總覺得臉有些發燙。

一定是因為睡眠不足吧。狂三用腳跟敲了一下地板，自己也潛入影子之中。

◇

「唉……總算在天亮之前解決了。」

回到據點的狂三嘆了一大口氣，彈了一個響指。

於是，身上的靈裝消融在空氣中，恢復原本穿內衣褲的模樣。

「──『我』。」

「是。」

狂三呼喚後，打扮普通的分身（所謂的穩健派「狂三」）便從影子裡冒出頭來。

「我要去打個盹，這段時間的事情就交給妳處理了──還有，千萬別讓今天捉到的那四個人逃走。」

「了解。去休息吧，『我』。」

分身畢恭畢敬地行了一禮後便回到影子中。

「真是的，浪費我的氣力……」

狂三再次嘆息，脫下內衣褲，正打算鑽進被窩時，突然想起一件事。

「對了……」

她勾了勾手指，於是影子裡跟著飛出四個盒子。

附上黑色卡片的盒子。

包裝紙上沾滿血跡的盒子。

黑貓抱著的華麗盒子。

附有信紙的千代紙盒子。

沒錯。是強硬派的「狂三」們打算送給士道的禮物盒。

由於包裝、送禮方式和附送的物品有問題，便立刻回收——現在回想起來，自己還沒看過她們製作的是什麼樣的巧克力。

事到如今知道這種事也沒什麼意義，但就是想滿足一下好奇心。狂三拆開包裝後，依序打開盒子。

「……！這是……」

接著打開所有盒子。

狂三瞪大雙眼，屏住呼吸。

這也難怪。因為眼罩狂三、繃帶狂三、甜美蘿莉狂三、和風蘿莉狂三所製作的巧克力——圖案可說幾乎一模一樣。

小貓形狀的可愛巧克力在盒子裡整齊地並排著。

「…………」

狂三注視了一會兒，唉聲嘆了一大口氣。

「……真是拿她們沒辦法。」

狂三說著從桌上的紙袋拿出另一個盒子——她自己製作，明天要送給士道的禮物盒。

雖然有點可惜，但她還是拆開包裝，打開盒子。

盒子裡出現的是和分身們製作的成品模樣相似的貓形巧克力。

沒錯，四名分身做的是和狂三同樣形狀的巧克力。

「……結果，我還是我呢。」

狂三有些自嘲地笑道，從自己的盒子裡拿出四個巧克力，將分身製作的巧克力各別塞進一個到空位裡。

互換身分八舞

ExchangeYAMAI

DATE A LIVE ENCORE 7

「嗯～～……」

清晨，五河士道在自家門前將身體向後仰，伸了一個大懶腰。

多麼舒服宜人的早晨啊。儘管天氣寒涼，但似乎能吹走僅存的一絲睡意。

「好了……我們走吧。」

「嗯，門窗都關好了。」

「嗯！」

背後傳來這樣的聲音回應士道。

聲音的主人是身穿國中制服，頭髮繫著白色緞帶的少女，以及身穿高中制服，擁有一頭烏黑秀髮的少女。是五河士道的妹妹琴里，與住在隔壁公寓的同班同學夜刀神十香。包含士道在內的三個人，現在正要去上學。

「嗯，對了，十香，怎麼沒看見耶俱矢和夕弦？」

就在這時，士道望向十香如此問道。

八舞耶俱矢與八舞夕弦是和十香同樣住在五河家隔壁公寓的雙胞胎姊妹。兩人也和士道、十香一樣就讀來禪高中，但今天早上尚未見到兩人的身影。

「唔，不知道。我也沒看見她們。」

「這樣啊。不過，依那兩人的個性，搞不好又再比賽誰先跑到學校了吧……」

士道搔了搔臉頰說到這裡時，公寓的大門開啟，走出兩名少女。

一名是身材苗條的編髮少女。

另一名則是將頭髮綁成三股辮，身材豐滿的少女。

五官宛如鏡射般如出一轍，身上穿的也是同樣的制服，因此只能靠髮型、表情，還有體型來區分。

說人人到。她們正是剛才話題中提到的雙胞胎，八舞耶俱矢、八舞夕弦姊妹。

「喔喔！耶俱矢！」

十香揮了揮手，同時走向八舞姊妹。

「啊，早——」

那一瞬間，做出反應的並非人稱耶俱矢的少女，反而是站在她身邊的夕弦半舉起手，又赫然驚覺般清了清喉嚨。

「唔？」

十香歪過頭表示疑惑，這次則換成耶俱矢像是察覺到什麼似的，抽動了一下肩膀回答：

「問候……不對。早安，十香。呵呵呵，今日本宮之右手，那個，感到疼痛。」

「唔、嗯。早安……？」

面對說話態度有些生硬不自然的耶俱矢，十香一臉納悶地將頭偏向一邊。

這時，琴里開口向夕弦攀談：

「夕弦，妳也早啊～～」

「回答。——」

於是，這次則是換耶俱矢望向這裡做出回應，而非夕弦。但她也立刻瞪大雙眼，連忙移開視線。

夕弦緊接著回答：

「呃……問候。早安啊，琴里。今天早上真舒服呢。」

「？嗯，是啊……？」

琴里也對夕弦奇怪的反應感到疑惑。

「…………」

「…………」

耶俱矢和夕弦面對十香她們的反應，默默流下汗水，不約而同地邁開步伐，快步踏上前往學校的道路。

「那、那兩個人是怎麼回事……？」

「唔。」

「誰知道……？」

士道等人目送兩人的背影，納悶地歪了頭。

「…………」

「…………」

耶俱矢與夕弦行色匆匆地走在早晨的上學路，確認四下無人後，同時開口：

「——呵呵，真是難看呀。竟然如此快露出馬腳，實在是前途堪慮。像汝這般小輩想要模仿本宮，終究是不可能之事。」

「反駁。夕弦將這句話原原本本地奉還給妳。妳以為妳剛才的回答很優秀嗎？」

「夕弦以耶俱矢，耶俱矢則是以夕弦的聲音和口吻」互相說道。

或許是錯覺，感覺夕弦平時睏倦的雙眸睜得老大，而耶俱矢原本向上吊的雙眼反而瞇細。

話雖如此，兩人並非在胡鬧，更不是交換了靈魂。

而是更單純簡單的理由。

沒錯。長相一模一樣的八舞姊妹，如今換成對方的穿著打扮。

打扮成夕弦的耶俱矢盤起胳膊，強調豐滿的胸部，氣憤地吐了一口氣。

「哼！隨汝怎麼說吧！反正屆時痛哭流涕的會是汝！」

「嘲笑。夕弦會證明給妳看。耶俱矢妳能做到，沒道理夕弦做不到。若要哭著求饒，最好趁現在。」

耶俱矢和夕弦宛如鬥犬般互瞪，「「哼！」」地撇過頭，走向學校。

◇

事情的肇端始自昨天。

聳立在五河家隔壁的精靈公寓一室響起八舞姊妹吵鬧的聲音。

「——什麼嘛！夕弦妳的個性明明就陰鬱得很！」

「不服。像耶俱矢這種全身上下有一半是以羞恥構成的女人，才沒資格說夕弦。」

「別把人說得跟BUFFERIN止痛藥一樣好嗎！」

耶俱矢與夕弦以一副似乎馬上就要扭打起來的凶惡態度互相辱罵。

這情景對平常感情融洽的八舞姊妹而言十分罕見。不過，卻是由一件芝麻小事所引起的。

「暴怒。說到底，還不是因為耶俱矢隨便吃了夕弦的奶酪！」

「什麼～～～！妳還不是吃了我的布丁！算扯平吧！」

沒錯。只因為耶俱矢誤吃了夕弦放在冰箱的奶酪，而夕弦則是不小心吃了耶俱矢的布丁。

要是旁人看見肯定會傻眼的瑣事。事實上連耶俱矢和夕弦也沒想到兩人會因為這種事情吵架吧。

不過，一旦怒火點燃便一發不可收拾。

「異議。夕弦之所以會不小心吃掉布丁，是因為冰箱裡只有一個。哪像耶俱矢注意力散漫，明明冰箱裡放了兩個，卻還故意吃掉夕弦的奶酪。」

「所以我不是道過歉了嗎！不管過程怎樣，妳還不是吃了我的布丁，只怪我一個人未免太奇怪了吧！」

「不服。夕弦的確也不是完全沒有過失，但那是因為耶俱矢一開始搞錯吧。退個一百步來說，就算搞錯是無可奈何，那耶俱矢為什麼沒有老實承認？」

「唔……！這、這個嘛……」

「推測。耶俱矢是認為只要夕弦也犯下同樣的過錯，就能減輕自己的罪過嗎？」

「別、別瞧不起人！我才不會那樣！只是……覺得昂貴的布丁吃起來是這種味道嗎……！」

耶俱矢一臉尷尬地移開視線說道。

夕弦聽了皺起眉頭。

「愕然。難道耶俱矢沒發現自己吃錯奶酪和布丁嗎？」

「有、有什麼辦法啊！那是我第一次買的牌子啊！況且，我又沒吃過奶酪！」

「死心。算了，是夕弦傻，以為有辦法跟耶俱矢溝通。原來問題出在智商，而不是品性。」

「什麼……！」

聽見夕弦說的話，耶俱矢露出兇狠的目光。

「有必要說得那麼難聽嗎！話說，我從以前就一直想吐槽了，妳那開頭固定說兩個字的詞彙是在搞什麼鬼？人設嗎？以為很帥嗎？妳剛才一直批評我，自己才丟臉吧！」

「氣憤。養殖中二病的耶俱矢還有臉說夕弦？這是夕弦自然而然脫口而出的。像耶俱矢這種沒有教養的人，可能不明白吧。」

「妳說什麼！」

夕弦說完，耶俱矢發出變調的聲音回答。

有道是以牙還牙，以眼還眼，兩人一來一往的脣槍舌戰不知消停，最後終於失控，一發不可收拾。

「我告訴妳！妳說那什麼教養不教養的，刻意用那種說話方式簡直愚蠢死了！我也會啦！」

「憤怒。妳說的喔。既然如此，耶俱矢平常說話的口吻也沒什麼困難的。妳該不會以為只要說話態度不可一世，看起來就很有權威？真可笑。」

「才、才不是咧！那是本宮之威嚴自然流露而出！不得無禮！」

「嘲笑。妳像是突然想起這件事才改變說話語氣的。果然很容易嘛，這種程度，夕弦也能輕易模仿。基本上，夕弦比耶俱矢多才多藝，耶俱矢會做的，夕弦全都會做。」

「什麼——！汝這大騙子，膽敢對本宮颶風皇女口出狂言！這份罪過，就算汝奉上項上人頭也不足以贖罪！汝才是吾之分身吧！」

「挑釁。那麼，要試試看嗎？」

「妳、妳說什麼？」

聽見夕弦說的話，耶俱矢一臉納悶。

「試試看……？是要試什麼？」

「解說。就是『比賽』夕弦跟耶俱矢誰比較優秀。」

「……！」

「比賽」。這個詞彙令耶俱矢抽動了一下眉毛。

不過，這也是理所當然的事。因為這個詞彙對八舞姊妹而言有著特別的意義。

精靈原本是一人擁有一個靈魂結晶。

不過，耶俱矢和夕弦原本是同一個人，因為某種因素一分為二，是特殊的精靈。

而原本是一體的兩人注定遲早有一天必須再次合而為一。

到時候，能在一個身體繼續維持意識——也就是生存下去的，只有一人。

為了決定八舞的主人格，耶俱矢與夕弦竟然不斷交手，較勁了一百次。

「堅信。只要耶俱矢能做到，夕弦哪有做不到的道理。耶俱矢不也一樣沉浸在自己樣樣都比得上夕弦的妄想之中嗎？」

「我從妳的說話方式感受到了惡意！」

耶俱矢不服氣地大喊。不過，夕弦不以為意地接著說：

「要求。既然妳覺得樣樣都能與夕弦一較高下，那就證明給我看啊。」

「所以說，到底要怎麼證明？」

「回答。很簡單，只要明天耶俱矢成為夕弦一天就好。」

「咦？」

聽到這句話，耶俱矢一雙眼睛瞪得老大。

「我……成為夕弦？」

「肯定。不知是幸或不幸，我們兩人的長相一模一樣。只要改變髮型就能冒充。當然——只限外表。」

「喔……原來如此。」

就在這時，耶俱矢像是察覺了夕弦的意圖，交抱起雙臂。

「妳的意思是，要我們嘗試一整天扮成對方，不讓別人認出來嗎？」

「首肯。就是這樣。雖然夕弦不認為耶俱矢有辦法假扮成我，不露出馬腳。」

「那是我要說的吧！妳才不可能假冒成我不被發現！」

耶俱矢和夕弦面對面擺出戰鬥姿勢後，同時攤開手。

然後，耶俱矢解開盤在後腦杓的頭髮，而夕弦則是將紮成三股辮的頭髮纏繞到後腦杓。

同時，耶俱矢微微瞇起眼睛營造出慵懶的感覺；夕弦則是瞪大雙眼做出活潑的表情。

該說不愧是雙胞胎嗎？光憑兩個動作便完美地互換兩人的印象。

「呵……有一套嘛，夕弦。」

「回答。耶俱矢才是，果然外表上——啊。」

「？怎樣啊……呃，啊。」

就在這時，耶俱矢與夕弦望向彼此的胸口，雙眼圓睜。

沒錯。容貌確實是別無二致，但如今兩人卻是處於耶俱矢的臉蛋搭配夕弦豐滿的胸部，而夕弦的臉蛋則搭配耶俱矢小巧的胸部這樣的狀態。

經過數十分鐘。

「疼痛。好痛，痛死人了，耶俱矢。」

「少囉嗦，忍耐一下！」

耶俱矢正在八舞姊妹的房內拿纏胸布緊緊纏住夕弦的胸部。

「懇求。快住手。剩下的由夕弦的演技來彌補。設定成耶俱矢對遲來的成長期喜極而泣來帶過。」

「那是什麼餿主意啊！要是設定成那樣，我後天該怎麼圓回來啊！」

「理解。妳說的沒錯……那麼，設定成耶俱矢受不了自卑感作祟，終於墊了胸墊如何？」

「……唔！」

耶俱矢聽了，將纏胸布拉得更緊。

不過，這也難怪。因為耶俱矢跟夕弦的情況完全相反，胸部穿著的大尺寸內衣，裡面塞了水餃墊。

而且只塞一個還不足以重現夕弦的尺寸，沒想到竟然得塞兩個。

「……嗚嗚，實在太恥辱了。話說，這是怎樣啊，妳到底有幾公分啦！」

耶俱矢咬牙切齒，房內再次響起夕弦痛苦的叫聲。

「回想……夕弦記得好像有九十公分左右……但老實說，又重又麻煩。像耶俱矢這樣比較方便行動吧？」

「…………」

夕弦說完，耶俱矢的表情轉為溫和的微笑。

「天誅。」

「……！哀號。痛死人啦啊啊……！」

耶俱矢仍然是那張天使般的臉孔，手臂則浮現青筋。夕弦痛苦的叫聲響徹整個房間。

◇

——時間來到現在。

「……忍耐。唔……」

打扮成耶俱矢的夕弦忍受纏胸布勒緊胸部的壓迫感，把老師上的課當作耳邊風。她正在上數學課，老實說，聽不太進去。

不過，夕弦扮演耶俱矢是扮得唯妙唯肖。

模仿說不慣的語氣確實麻煩，但周圍的同學們似乎尚未發現她的真實身分。

夕弦不經意地望向耶俱矢，她也做出像在按摩肩膀的動作。看來是因為不習慣承受胸前的重量，導致肩膀痠痛。或許是察覺到夕弦的視線，只見她赫然將手抽離肩膀。

「吐氣。呼……」

夕弦從鼻間微微吐氣後別過頭，將視線從耶俱矢身上移開。

耶俱矢目前似乎也沒被人發現的樣子，不過，被發現也是遲早的事吧，她肯定馬上就會露出馬腳。

——就在這時，教室響起下課鐘聲。

「嗯？啊～～那麼今天就上到這裡，同學們自己回家復習～～」

數學老師拉長尾音如此說完便下課。夕弦依照口令起立、敬禮，用力握拳繃緊神經。

既然上課中有可能被老師點名回答問題就不可掉以輕心，但扮演耶俱矢最關鍵的時刻，就是這個午休時間。

話雖如此，也沒必要太過神經質。那是耶俱矢每天的例行公事，沒什麼困難的——

「……！」

夕弦思考到這裡，微微抽動了一下眉毛。

理由很單純。因為有人突然從後方把手搭在她的肩上。

她小心避免自己脫口說出兩個字的詞彙，回頭一探究竟。

便看見一名留著長瀏海的女學生。她是三班的同學，日向英子。不知為何右手纏著繃帶，大概是受傷了吧。

夕弦與耶俱矢同住一個房間，假日也經常一起玩，但並非一天二十四小時都形影不離。當然，兩人在學校也有各自獨立的交友圈。

英子也是耶俱矢的朋友之一。雖然與夕弦沒什麼交集，但夕弦倒是經常看見她跟耶俱矢在閒聊。

正當夕弦思考著這種事情的時候，英子開口：

「——盟約時刻來臨，走吧，『赫爾墨斯』。」

「疑問。……什麼？」

面對出乎意料的話語，夕弦不禁以自己的身分歪頭表示不解。英子一臉納悶地皺起眉頭。

「是『賢者會議』的時間。上星期應該通知過了才是。」

雖然聽不懂單字的含意，但顯然她跟耶俱矢早已約好某件事。夕弦額頭冒出汗水，大大點了點頭，努力裝出耶俱矢的樣子回答：

「喔，喔喔，是有這麼回事。那吾等動身吧……」

「好。『狄俄涅』和『阿緹蜜絲』也在等待。」

「……唔，嗯。」

——到底是什麼約定呢？實在非常不想去。夕弦感覺到自己的雙腳自然而然地退縮，不想移動。

不過，既然扮演耶俱矢，總不能拒絕吧。夕弦被英子拉著走出教室。

「……啊～～對了，今天有『賢者會議』吧……」

響起第四堂課下課的鐘聲後，耶俱矢便斜眼望向被同班同學英子（不，如今的她叫作「奧涅伊洛斯」吧）帶走的夕弦，搔了搔臉頰。

「夕弦沒問題吧……早知道就先跟她們說今天沒辦法去了——」

耶俱矢使勁甩了甩頭，像是要甩開剛才一瞬間掠過腦海的想法。

「不對，她活該。我要讓她體會一下我的厲害……！」

耶俱矢靠著椅背，氣憤地吐了一口氣。

隨便吃掉夕弦的奶酪的確是耶俱矢不對，但夕弦未免太得理不饒人了吧。不管理由為何，夕弦不也吃了耶俱矢的布丁嗎？竟然還尖酸刻薄地罵人智商低。自己只是因為沒吃過奶酪才會搞錯罷了，再怎麼樣也太沒口德了——

「啊，我問妳喔，夕弦。」

「嗯……？」

正當耶俱矢氣呼呼地癟嘴時，一名女學生突然向她攀談。

對方穿著長度絕妙的短裙，西裝外套的袖子露出一截開襟毛衣。光是待在現場感覺就會飄散出甜蜜的香氣，是個甜美柔和的女孩。

記得她好像叫作安形結愛。耶俱矢沒跟她講過幾句話，但她偶爾會跟夕弦在一起。

「咦～～……回答。什麼事，結愛？」

「妳要不要來這裡跟明日美和我一起吃午餐？我有事想找妳商量～～」

「回答。好啊。」

「啊哈～～夕弦，妳怎麼了？今天應對的詞彙有些單調呢。」

「……！回答。沒那回事……」

被人這麼一說，耶俱矢臉頰流下一道汗水。從剛才起，自己確實只會說「回答」這個詞。

夕弦似乎是習慣了，但突然要將自己的行動和心情以兩個字的詞彙來表達，意外地困難。

耶俱矢拚命動腦，想辦法不停頓地接著說：

「……漆黑。妳說吃午餐是吧，那就一起去吧。」

「咦，為什麼突然變成邪惡的感覺～～？結愛好害怕喔～～」

「煉獄。妳多心了。話說，妳說要商量什麼事？」

耶俱矢趕緊催促後，結愛便以可愛的動作扭著身子回答：

「結愛交了一個新男友～～正在煩惱和他相處的事～～希望妳可以給人家一點建議～～」

「……什麼？」

聽見結愛說的話，耶俱矢連開頭附加的兩個字的詞彙都忘了，歪頭表示疑惑。

「——感謝各位與會。那麼現在開始舉行『賢者會議』。」

午休時間。一名詭異的人物在拉起遮光窗簾的神祕房間內如此說道。

既然是在學校裡，應該就是這裡的學生吧……但夕弦除了「詭異」之外，找不到其他詞彙形容這個身穿黑袍、臉戴奇特面具的人。

「…………」

不過夕弦現在也沒資格說別人。

因為她也被迫打扮成和那名學生（大家稱她為「宙斯」）一樣。

「……疑惑。這到底是在做什麼呀……」

夕弦輕聲呢喃，並且環顧室內。數名打扮類似夕弦的學生圍著圓桌就座，其中也能看見帶夕弦來這裡的英子（更正，她在這裡似乎叫作「奧涅伊洛斯」）。

不過，所有人卻像是絲毫不在意夕弦的疑問似的，各自開口：

「今天之所以召集各位，無非是『結社』的動作已經來到不可漠視的地步。」

「什麼……『宙斯』，難道是……」

「沒錯。記載在『死海文書』的『審判』近了。」

「怎麼會，打算喚醒『終末之獸』嗎？」

「不怕『諸神的黃昏』嗎？」

「呵……既然如此，吾等也無法坐視不管。」

「沒錯。但是要拯救世界末日，需要『三種神器』。」

「可是，必須先打倒『守門人』。」

「…………」

面對眼前不斷展開的對話，夕弦直冒冷汗。感覺用了許多艱澀的詞彙，但內容卻不知所云。或許是對夕弦的反應有所疑慮，「宙斯」開口說道：

「『赫爾墨斯』，怎麼了？平常總是踴躍發言的妳，竟然一語不發，真是稀奇呢。」

「……！呃，不，本宮……無事。」

「？算了。說說妳的想法吧。」

「！想法嗎……？不，呃，這個嘛……」

話題突然轉到自己身上，令夕弦語無倫次。於是，「賢者會議」在座的成員朝夕弦投以懷疑的視線。

「感覺不對勁喔。妳真的是『赫爾墨斯』嗎……？」

「莫非『結社』的魔手早已伸向這裡……！妳這傢伙，給我脫下面具！」

「……！」

面具學生紛紛開始起疑，夕弦不禁抽動了一下肩膀。

好不容易扮演到這個地步，怎麼可以在這裡被識破真實身分。夕弦拋下羞恥心，猛然站起來，身上的長袍因此翻動。

「呵、呵呵呵……哈哈哈哈！『結社』根本不足為懼！本『赫爾墨斯』的邪眼早已掌握『三種神器』所在之處！」

「喔喔……！」

夕弦自信滿滿地說道，面具學生群各個瞪大了雙眼。

「是嗎？不愧是『赫爾墨斯』啊。」

「嗯。所以，究竟在何處？」

「這個嘛……一切全憑『渾沌』的意志所向……當概率時空收斂之時，答案便會出現在零與一之間吧……之類的。」

感覺連夕弦也搞不清楚自己在說些什麼了。

不過，面具學生群聞言，瞬間將手抵在下巴，點了點頭說：「……原來如此。」接著連忙開始做筆記。

「嗯、嗯……如此一來，接下來就是『三種神器』的詳細情形了——」

「唔。」

聽見「宙斯」說的話，夕弦不由得支吾其詞。這也難怪。畢竟夕弦剛才全是一派胡言，只是想起耶俱矢的發言，依樣畫葫蘆罷了。要是深入追究，可能會露出馬腳。應該說，早就已經破綻百出了。

然而，「宙斯」卻接著說出意想不到的話語。

「——寶劍、鏡子、勾玉果然還是太拘泥於原本的走向了吧。應該要更創新一點……」

「…………什麼？」

情況突然轉變，與剛才截然不同，令夕弦茫然不知所措。其他成員回答：

「不會，按照基本是很重要的。留下三種要素，配合世界觀來改編比較好吧。」

「沒錯、沒錯。讓讀者察覺到『這該不會是沿用了原本的設定吧？』這樣才恰到好處。」

「唔～～可是，加入了各種神話，會不會無法收尾啊？該怎麼整合……」

「關於這一點，剛才『赫爾墨斯』不是給了我們靈感嗎？零與一之間……換句話說，這整個世界其實是電玩遊戲！」

「！原、原來如此！這樣的話，之前的設定就說得通了……！」

「……提問。妳們到底在說什麼呀？」

原本聽不懂的語句又更加令人一頭霧水了，夕弦眉頭深鎖地問道。於是，所有人一臉納悶地歪頭回應：

「這有什麼好問的，在討論新作品的設定啊……」

「『賢者會議』——是苦於劇情設定的文藝社社員不定期舉辦的尋找靈感大會啊。」

「順帶一提，在發行社刊或新人獎截稿日之前就會頻繁地開會。」

「哎呀，真是多謝『赫爾墨斯』妳給了我們想像不到的創新意見呢。」

「……了解。原來是這麼回事啊。」

聽完大家說明意味濃厚的話語後，夕弦吐了一口氣。突然被帶到這種詭異的地方而困惑不已，現在總算是搞清楚狀況了。原來如此，這種幫忙方式還真是符合耶俱矢的個性呢。

不過，安心也僅只一時。面具學生群單手做筆記，再次望向夕弦。

「『赫爾墨斯』，吾等記下妳接下來的預言便可。」

「妳說這個世界是虛構的，那麼是誰一手造成的呢？」

「莫非是超越天神的神祇？」

「思考。呃，這個嘛……」

感覺大家的態度比剛才更加積極，夕弦不知所措地雙眼游移。

同一時間，一群女生聚集在二年三班的教室一角，一邊吃便當一邊熱熱鬧鬧地聊天。

「——然後啊，就是我那個男朋友啊，太晚熟了，都不會對人家做一些親密的動作～～」

「是喔～～但不都是這樣嗎？」

「…………」

「可是啊～～我們都交往快一個月了，他連親都沒親過人家耶～～看完電影、買東西、吃飯後，我問他接下來要去哪裡，他竟然回答我差不多該回家了。討厭討厭討厭討厭！這時應該要對人家展開攻勢才對吧！」

「啊～～這樣的確很煩～～說起來，竟然讓女生開口問接下來的安排，這也太扯了吧～～」

「…………」

「就是說啊～～不過我也不想主動提出。所以才想再次向夕弦妳請教有沒有什麼能夠委婉表達的方式。」

「啊噫！」

話題突然轉到自己身上，耶俱矢不禁發出變調的驚叫聲。

「夕弦，妳是怎麼了呀，發出奇怪的聲音？」

「妳從剛才開始就一句話也沒說，是身體不舒服嗎？」

「墮天。我、我沒事。」
耶俱矢滿臉冷汗直流，搖頭否定。
——就如同耶俱矢有她自己的交友圈一樣，夕弦也有她自己的朋友，只是沒想到她們竟然會討論這種話題。
耶俱矢也是女孩，當然談論過所謂的女生之間的話題。但是這個話題進展得有點快，令她不知該作何反應。
「妳看嘛，人家現在這個男友，也是多虧了夕弦妳的建議才交到的。人家萬萬沒想到八舞式肢體接觸竟然如此有效呢～～」
「就是說呀。說到這裡，妳說過還留有一手吧。告訴我們嘛～～」
「呃，這、這個嘛……」
耶俱矢滿頭大汗。八舞式肢體接觸究竟是什麼？耶俱矢也是八舞之一，卻渾然不知。
可能是覺得耶俱矢的態度有異，結愛等人將頭偏向一邊。
「夕弦，妳怎麼了？整張臉都紅了耶。」
「對啊～～好像耶俱矢喔。」
「……！」
耶俱矢聽了，肩膀抖了一下。

怎麼可以在這裡功虧一簣。她抑制撲通撲通狂跳的心臟，佯裝從容地清了清喉嚨。

「獄火。好、好吧。我就教導妳們夕弦的八舞式本領應用篇吧。」

「喔～～！」

「就等妳說這句～～！」

面對鼓掌的兩人，耶俱矢拚命絞盡腦汁。

數秒後，咳了一聲。

「奈落。比如說，兩人走在一起時，不經意地用小指緊貼對方的小指呢……」

耶俱矢羞紅臉頰說完，結愛和明日美便目瞪口呆，隨後「呀哈哈」地大笑出聲。

「咦～～夕弦，妳今天是怎麼了？好清純喔～～」

「就是說呀～～這樣也很可愛就是了。不過，沒有像妳之前教給我們的那種招式嗎？」

「咦……咦咦！」

——比剛才更激烈的方法……？

耶俱矢在兩人充滿期待的注視下，絕望地費力思考。

◇

「嘆息。唉……」

開完「賢者會議」後，夕弦踏著踉蹌的腳步走在走廊上。

雖然之後她說了一大堆艱澀的詞彙，勉強度過難關，但要是再繼續下去，難保不會露餡。老實說……夕弦有點想閱讀看看自己隨口胡謅的話語會構成什麼樣的故事。

「嘆息。不過……總算是撐過去了。」

夕弦調整呼吸，從口袋拿出智慧型手機確認時間。

離第五堂課開始還有一點時間，她決定休息一下。

然而，就在夕弦如此思忖，走向教室時，背後又傳來一道聲音。

「喔喔，真巧啊，幻夜。」

「……？」

夕弦聽見奇怪的稱呼，疑惑地轉過頭——再次皺起眉頭。

這也難怪。她看見的是一名疑似高年級的女學生，但西裝外套下穿的卻是龐克味十足的連帽上衣，手臂和脖子則戴著叮叮噹噹的銀飾。順帶一提，她的背後還揹著一個大吉他盒。

假如夕弦沒記錯，她是在流行音樂社與耶俱矢組耶俱矢喜愛的哥德龐克風樂團的學生，名字好像叫作——不知火‧緋澄‧莉莉安貝格。

怎麼聽都不像本名，反正她開心就好……對了，她呼喚自己的「幻夜」這個名字，好像是耶俱矢偶爾會用的暱稱。耶俱矢到底有幾個名字啊？

「有何貴幹，不知火？」

「呵，妳在說什麼啊，吾之『安吉爾』的言靈使幻夜啊？當然是之前拜託妳創作新曲歌詞一事啊。」

「……確認。什麼？」

聽見不知火說的話，夕弦一臉茫然。不過，她絲毫沒發覺夕弦的模樣，從懷裡拿出一張紙，朝夕弦攤開。

紙上排列著密密麻麻的耶俱矢喜愛的多筆劃國字和有些奇怪的德文字。

「第一次聽見妳的歌詞時，我真是感動不已。想不到有人寫的詞竟然能與我的世界觀如此契合。」

「喔、喔……這樣啊。」

不知火擺出帥氣無比的姿勢說道。夕弦的臉頰流下一道汗水。

「不過，很抱歉。新曲的歌詞尚未寫好，大概明天左右能完成，妳到時候再過來找我吧。」

夕弦與耶俱矢的比賽只限今天一天，明天耶俱矢自己會想法辦解決吧。夕弦如此回答。

「啊哈哈，妳在說什麼啊，幻夜？妳創作的能力並非這種程度吧。」

然而，不知火卻開懷大笑，放下揹著的吉他盒，從中拿出一把漆黑的吉他。

「伴隨旋律從脣間吐出話語。來吧，讓我見識剎那的光輝吧！」

然後不知火擺動吉他撥片，當場在走廊中央演奏起來。音樂突然響起，學生們紛紛投以好奇的目光。

平常聽慣耶俱矢說話的夕弦大概了解她話中的含意——簡單來說，就是要自己配合旋律即興作詞吧。

「慌亂。唔唔……」

老實說，簡直是丟臉到了極點，但夕弦現在是耶俱矢……不對，是「幻夜」，只好硬著頭皮上了。

「漆、漆黑的……煉獄？」

「漆黑的煉獄！」

夕弦結結巴巴地說道，不知火便配合旋律複述那句歌詞。

「墮天……之翼？」

「墮天之翼！」

「……Gu、Guten Tag（註：德文「你好」之意）？」

「Guten Ta————g！」

……結果，這種接近精神凌遲的羞恥行為，一直持續到老師聽見騷動後過來查看為止。

「……啊～～真是的，她們怎麼在談論那種話題啦……」

耶俱矢發牢騷般如此說完，在廁所的洗手臺以雙手盛水，潑向自己的臉……感覺整張臉還在發燙。

不過，這也無可厚非。因為耶俱矢在那之後一直對結愛和明日美講授戀愛技巧。不斷承受兩人輪流猛攻，憑藉自己的妄想力提出一大堆有的沒的意見，這才好不容易成功遁逃到廁所。耶俱矢之所以還滿臉通紅，與其說是兩人說的淫猥話題造成的，不如說是她對自己說的那些妄想話語感到羞恥不已。

總之，總算是勉強度過這一關，身分沒有曝光。耶俱矢吐了一口氣，用手帕擦手跟臉，來到走廊。

不過，就在這個時候——

「啊！找到妳了，夕弦學姊！妳跑到哪裡去了呀！」

「咦？」

聽見突如其來的呼喚聲，耶俱矢微微挑動了一下眉毛，回過頭。

便看見一名少女朝她揮手。好像是服飾社的樫井繪菜。她也是偶爾會跟夕弦說話的學生。

耶俱矢感覺又碰上了一件麻煩事，但還是轉身面向她。

「焦熱。有事嗎，繪菜？」

「妳在說什麼呀，妳不是說要當我的服裝模特兒！大家都在等妳耶！」

「紅蓮。啊，啊啊……這樣啊。真是抱歉。」

「好了，快點走吧！」

「啊！等一……」

不等耶俱矢說完，繪菜便拉起她的手，在走廊上快走。

然後打開家政教室的門，直接走了進去。瞬間，室內的所有女學生都將目光集中在耶俱矢身上。

「喔，來了來了。妳在搞什麼啊，小夕弦？」

「消滅。不、不好意思，有點事。」

「算了。沒時間了，快換上這個。」

說完，一名戴著眼鏡的女學生將放在桌上的衣服拿給她。

似乎還在粗縫階段，是一件用漂亮布料縫製而成的洋裝。摸起來很舒服，令耶俱矢不禁發出讚嘆。

「好了好了，快點換上。」

「奧祕。知道了。那麼——」

就在耶俱矢將制服脫到一半時，想起胸口空蕩的觸感而停下動作。

沒錯。耶俱矢的胸部現在雖然因為文明的利器變成夕弦的尺寸，但要是脫下衣服，那個祕訣就會攤開在陽光底下。

「熾天。我、我去那邊的房間換。」

「咦？在這裡換就好了吧……」

服飾社社員們一臉納悶地歪了頭；耶俱矢苦笑著蒙混過去後，拿著洋裝進入隔壁房間。然後迅速脫下制服，避免被別人看見，笨拙地穿上洋裝，再次返回原本的房間。

「轉圈。這種感覺如何？」

耶俱矢說完隨意擺了擺姿勢。「喔喔～～！」社員們見狀紛紛發出驚呼聲。

「呀～～！夕弦學姊好漂亮～～！」

「身材真是凹凸有致，拜託妳當模特兒真是找對人了。」

「幹得好耶，社長！這件洋裝拿去參加這次的比賽有機會獲勝喔！」

眾人音調高亢地說道。

不過，唯獨人稱社長的眼鏡女學生一臉愁容地凝視著耶俱矢。

「嗯～～……」

「?怎麼了,社長?」

「沒有,只是感覺跟我之前看到的身材比例有點不同……」

「……!」

聽見社長說的話,耶俱矢不由得內心一驚。

「霸、霸道。沒有這回事,夕弦一向都很自然。」

耶俱矢發出變調的聲音說道,社長便低吟了一會兒,搔了搔臉頰。

「嗯~~……大概是我多心了吧。」

社長盤起手臂說道。耶俱矢這才鬆了一口氣。

「那麼,小夕弦,這次麻煩妳換上這一件。我也想確認一下這一件的尺寸。」

「聖魔。小事一樁。接下來要換哪──」

這時,耶俱矢屏住了呼吸。

不過,這也是理所當然的事。因為社長手上拿著的是一件會明顯露出胸形的性感內衣。

◇

──放學鐘聲響遍整個校舍。

「嘆息。……唉。」

身心俱疲的夕弦在旋即嘈雜不已的教室中嘆了一大口氣。

今天一天發生了許多意想不到的事……本以為模仿耶俱矢易如反掌，但沒想到耶俱矢原來參與了各式各樣的事情。

「感慨。耶俱矢也很努力嘛……」

夕弦以誰也聽不見的音量輕聲低喃。也許是時間一久抑或是經歷過今天一天的體驗，她對耶俱矢的怒氣已漸漸平息，反倒有一種類似尊敬的奇特感覺在心中慢慢擴散。

竟然認為自己能勝任耶俱矢所做的事，未免太自視甚高。即使容貌相似，骨子裡也是截然不同的兩個人，這一點夕弦和耶俱矢應該比任何人都清楚。

總之，要是再被耶俱矢認識的人逮到，她可就撐不下去了。夕弦為了盡早離開學校，立刻收拾東西準備放學，走出教室。

然而，就在她要離開校舍的時候——

「耶俱矢！等妳好久了！」

一道響亮的聲音從前方傳來。循聲望去，便看見鞋櫃前站了一排女學生在等待夕弦。所有人都穿著印有「來禪高中女子足球社」標誌的運動服。

「……………」

有種極為不祥的預感。夕弦感覺今天一天訓練出的危機感應器正劇烈作響。
像是印證了夕弦的憂慮，疑似社長的少女走向前，一把握住夕弦的手。
「感謝妳的幫忙。真的——很謝謝妳。」
「……吾姑且一問，汝所謂何事……？」
「嗯？妳在說什麼？妳不是答應要幫忙我們比賽嗎？」
「…………」
預感成真。聽見社長說的話，夕弦臉頰流下一道汗水。
位於後方的社員們絲毫沒有察覺到夕弦的狀態，緊握著拳頭熱情說道：
「真的幫了我們大忙。對手是全都大賽的常客，仙城大學附屬高中……不過，只要耶俱矢學姊出馬，搞不好能贏喔！」
「……什麼？」
「喂喂，提起幹勁吧。輸了比賽一樣要廢社，別因為有八舞助陣就疏忽大意。」
「廢、廢社……嗎……？」
「是啊！不過有耶俱矢學姊教我們的必殺陣型〈靈幻凶陣．皇型〉，我覺得不會輸！」
「…………」
「是啊……拜託妳了，八舞！」

「………………吾去廁所一下……」

夕弦在眾社員眼神閃閃發光的凝視下——

按著刺痛不已的胃回到校舍中。

「累、累死了……」

事情如排山倒海般湧來的一天結束。放學後，耶俱矢全身虛脫地趴在夕弦的書桌上。

順帶一提，午休那件事，由於實在無法換穿內衣呈現在眾目睽睽之下，耶俱矢只好隨便找個藉口搪塞，直到上課鐘聲響起，逃離現場。之後得向夕弦報告這件事，叫她再幫服飾社的人試尺寸了。

說到這裡，耶俱矢才想起自己正在跟夕弦吵架，不禁哈哈乾笑了兩聲。

「……夕弦真的很受大家倚重呢……」

耶俱矢嘆了一大口氣，如此呢喃。

自己太過狂妄自大，竟然認為有辦法徹底化身為夕弦。今天扮演夕弦一整天下來，耶俱矢重新體認到她的偉大。

……不過，今天總歸是結束了。夕弦似乎早早就回家，耶俱矢也打算踏上歸途。

就在她如此心想，抬起頭時——

「……嗯？」

她突然皺起眉頭。

因為有一名女學生躲在教室門後，時不時地偷看耶俱矢。是一班的女生，蓮沼咲子。

「……邪眼。有事嗎？」

「噫呼……！」

耶俱矢出聲攀談後，咲子抖了一下，當場一屁股跌坐在地。

「降魔。妳、妳還好吧？」

耶俱矢連忙衝向前伸出手。於是，咲子一邊道歉：「不好意思、不好意思。」一邊拉著她的手站起來。

「對不起，夕弦同學，老是給妳添麻煩……」

「幻影。不會……呃，『老是』？」

耶俱矢說到一半，歪了歪頭。感覺咲子的措辭有些蹊蹺。

彷彿印證了耶俱矢的感覺，咲子朝她低頭致意。

「今……今天就麻煩妳了。」

「……聖戰。保、保險起見，我姑且問一下，今天是有什麼事……」

耶俱矢額頭冒出汗水詢問後，咲子便忸忸怩怩地晃著身體，囁囁嚅嚅地回答：
「咦？人、人家喜歡……二班的杉山同學……妳聽了之後，不是說包在自己身上嗎……」
「…………絕望。」
聽見咲子出乎意料的話語，耶俱矢臉頰不停抽動。忍不住想大喊：「為什麼要在這種時間點答應別人這種事情啊，夕弦~~~~！」
「那、那個，妳怎麼了嗎……？我已經照妳說的，寫信告訴他放學後到校舍後面來了……」
「……深淵。交、交給我吧。我已經準備好了……只是我得先去一下廁所……」
耶俱矢按著因壓力而發疼的胃，步履蹣跚地走在走廊上。

「……煩惱。這下傷腦筋了……」
夕弦坐在女廁單間的馬桶上，屈身抱頭苦思。
這也難怪。畢竟她必須當幫手上場比賽，而比賽的結果關乎一個社團的存亡。
她既不知道耶俱矢思考的陣型是什麼，重點是她纏著胸部，無法像原本那樣活動自如。在這樣的狀態下，她沒有信心能與足球強校周旋。
但她也總不能逃跑吧。根據女子足球社的社員們所說，耶俱矢是這次比賽的關鍵人物。要是少了她，結果一定會敗北吧。

如此一來，社團便會廢社（雖然不知道為什麼會淪落到這種地步），甚至可能敗壞耶俱矢的名聲。

「吶喊。這要夕弦如何是好啊……！」

上場是地獄，逃跑也是地獄。夕弦胡亂抓著自己的頭大叫出聲。

瞬間——

「啊啊啊啊，真是的～～這是怎樣啊啊啊……」

走投無路的耶俱矢暫時逃進廁所的單間，縮起身體，抱頭苦思。

竟然偏偏要她幫忙告白，這責任太過重大，害她都反胃想吐了。

不妙，非常糟糕。夕弦似乎有什麼法子，但耶俱矢只知道咲子的長相和名字，就連二班的杉山也是剛剛才耳聞有這麼一號人物，根本沒辦法擬定對策。

況且最大的問題在於，耶俱矢實在不覺得自己有辦法做到幫人成功牽線這種細膩的事。這樣下去，肯定會毀了別人的好事。下定決心告白，男方尷尬地拒絕，心酸一笑的咲子。啊哈哈……沒關係，我早就知道了，像我這種人，果然沒人愛。夕弦同學，謝謝妳，讓我了卻了一樁心事。

隔天，在校舍的頂樓發現一雙鞋子和一封遺書——

「啊，啊啊啊啊啊啊啊啊……！」

腦海裡不斷展開的宏大妄想嚇得耶俱矢臉色發青。雖然想法太過悲觀，但耶俱矢現在無心冷靜思考。

這也難怪。因為咲子說她已經把杉山叫到校舍後方了。要是耶俱矢繼續在這裡蹲下去，在她還沒失戀以前，杉山早就先回家了吧。

可是，就算耶俱矢出馬……

「啊啊啊！這要我如何是好啊啊啊啊啊！」

耶俱矢將身體向後仰，高聲吶喊。

瞬間——

沒錯，就在那一瞬間。

「！反應。剛才那是——」

「！咦……？剛才的聲音是……」

在女廁抱頭苦惱的夕弦和耶俱矢。

——聽見隔壁單間傳來的吶喊聲後，同時瞪大雙眼。

◇

「社長……耶俱矢學姊不要緊吧。去廁所去好久喔……該不會身體不舒服吧……」

「唔……」

聽見學妹說的話，女子足球社社長愁眉苦臉地盤起胳膊。

今天的耶俱矢確實感覺有些怪怪的，不僅言行舉止很溫和，似乎也記不清比賽的事。一時之間還以為是耶俱矢的雙胞胎姊妹夕弦呢。

不過，看那胸部的尺寸，只可能是耶俱矢，夕弦的胸圍才是足球等級的。就算從遠處看過去，也不可能會認錯。

如此一來，難道就像學妹所說，是耶俱矢身體不舒服嗎……？假如真是這樣可就慘了。今天的作戰以耶俱矢為主，少了她，終究無法勝過仙城大學附屬高中吧。

「唔嗯……」

「——哈！哈哈哈哈哈哈！」

正當社長有些不安地低吟時，突然傳來一道宏亮的笑聲，消除了她的憂慮。

「什麼……！」

「那、那是！」

「——看我的！」

當社員們紛紛感到驚訝時，一道人影從校舍二樓的窗戶躍向空中。

人影在空中翻了一個跟斗後，降落在校舍出入口處的遮陽棚上。

「遠處者聞聲！近處者眼看！然後讚頌疾風凶嵐颶風皇子八舞耶俱矢之高名便可！」

耶俱矢如此說道，披在肩上的西裝外套隨風飛揚。看見她華麗地登場，社員們呆愣了一下後，情緒激昂地高聲吶喊：

「好厲害！耶俱矢學姊，狀態絕佳呢！」

「剛才的感覺全都消失了！」

「是錯覺嗎？感覺胸部縮水了！」

「減輕空氣阻力？」

社員們妳一言我一語地讚美耶俱矢。耶俱矢打從心底爽快地（一部分的話語令她神情有些複雜）接受後，握拳舉向空中。

「很好！戰士們，跟隨本宮吧！吾會讓汝等嚐到勝利美酒的滋味！」

「「喔喔喔喔喔喔喔喔喔喔喔！」」

社員們呼應耶俱矢的聲音吼叫。

「夕弦同學……不、不要緊吧。」

咲子在二年三班的教室等待夕弦，忐忑不安似的十指不時交握又放開。

夕弦去廁所已經過了二十多分鐘，可能是身體不舒服。

話說，剛才夕弦看起來有點怪怪的，一副心神不寧的模樣，而且說話時開頭的二字詞彙感覺有點邪惡……是心情不好嗎？還是在暗示自己的告白之路陰暗無望？

「…………」

咲子瞥了一眼教室的時鐘，嚥了一口口水。

她的立場不方便催促夕弦，但馬上就要到杉山赴約的時間了。

為了避免讓對方心生疑慮，信上寫了咲子的名字。也就是說，就算夕弦因為肚子痛還是什麼其他原因而無法行動，她自己也必須前往校舍後方。

若是告白失敗，自己就是失戀的女生。但如果不到現場，就會變成是對杉山惡作劇的缺德女生。

「…………！」

可是，一想到要單獨赴約，咲子便雙腳抖得差點蹲坐在地。這樣別說要告白了，甚至連正常談話都有困難。

「——抵達。讓妳久等了。」

正當咲子帶著祈禱的心情垂下視線，教室的門口傳來這道聲音。

「！夕弦同學！妳沒事吧？」

「肯定。讓妳擔心了，咲子。已經沒問題了。夕弦傳授妳大師親傳的手段，讓他被妳的魅力迷得神魂顛倒。」

「謝……謝謝妳。」

夕弦與剛才截然不同，充滿自信。咲子聽了她說的話，感覺自己稍微沒那麼緊張了。兩個字的詞彙不再有邪惡感，胸部看起來好像也比剛才大……這就是傳說中一個人散發出的氣場嗎？

「帶領。沒時間了。走吧，咲子。」

「好……好的！」

咲子大大地點點頭回答後，跟隨在勝利女神的身後。

◇

當天晚上。士道在五河家的廚房一邊準備晚餐一邊偷看客廳。

理由很單純。十香和琴里以及其他數名精靈已經聚集在客廳，不過——

「哎呀……我再次體會到夕弦有多厲害。該怎麼說呢？完美超人？我根本完全比不上呢。」

「否定。沒這回事。耶俱矢才優秀，夕弦根本不是對手。對妳肅然起敬。」

「呵呵……我哪有妳說的那麼好啊。啊，昨天隨便吃掉妳的奶酪，真是抱歉。我今天回家路上買回來放進冷箱了，等一下記得吃。」

「反省。夕弦才抱歉。夕弦也買了布丁給耶俱矢吃。」

八舞姊妹在沙發上並肩而坐，宛如恩愛的戀人十指緊扣，不斷說著甜言蜜語。

這對姊妹平常就如膠似漆，但今晚特別黏膩。士道臉頰流下汗水，露出苦笑。

「妳們兩個是怎麼回事啊？又開始妳儂我儂了。」

士道說完，耶俱矢和夕弦做出左右對稱的動作，自豪地挺起胸膛。

「那是當然。因為吾之半身夕弦，正是體現出世界定理之人。」

「誇示。讚美威震天下的耶俱矢優秀的能力是理所當然的事。」

兩人如此說完，又互相戳了戳對方的手臂。

「哈哈哈……」

雖然不知道發生了什麼事，但兩人和好如初就好。今天早上見面時還散發出火藥味呢——

「啊，對了。」

這時，士道想起早上的事，再次望向兩人。

「耶俱矢、夕弦，妳們早上幹嘛打扮成對方的模樣啊？又在比賽了嗎？」

「咦？」

「驚愕。士道，你早就發現了嗎？」

士道說完，耶俱矢和夕弦便吃驚得瞪大雙眼。看來兩人以為沒有被識破。

「這個嘛，當然會發現啊。對吧？」

士道說著望向其他精靈。於是，早上遇見八舞姊妹的十香和琴里也一樣點頭肯定。

「對啊。扮得是挺像的……尤其是耶俱矢。等一下告訴我那裡到底是怎麼弄的。」

「嗯。雖然外表變得完全相反，但味道騙不了人。」

「…………」

「…………」

聽見大家說的話，耶俱矢和夕弦兩人對看——

「噗……！哈哈，啊哈哈哈哈！看～～吧！我果然沒辦法假冒成夕弦！」

「破顏。呵呵，呵呵呵呵呵！看來夕弦要代替耶俱矢，火候還不足呢。」

兩人同時樂不可支地開懷大笑。

「她、她們是怎麼了……？」

「唔……？」

看見兩人莫名其妙的模樣，士道等人面面相覷。

怪盜美九

BurglarMIKU

DATE A LIVE ENCORE 7

「救命呀啊啊啊啊啊啊！」

鳶一折紙正在五河家的客廳擺弄小型電子零件，突然傳來這樣的聲音，門同時用力打開，一名少女滾了進來。

「妳幹嘛？」

一頭剪齊的藍紫色頭髮，比例完美的高挑身材。她是精靈，也是人氣偶像，誘宵美九。

面對突如其來的巨大聲響及訪客，折紙依然沉著冷靜。她停止擺弄零件的手，望向滾得停不下來，順勢跳到沙發的美九。

於是，美九猛然撐起上半身，面向折紙。

「啊啊！折紙！太好了，人家正在找妳呢～～！想誠懇地找妳商量一件事……」

「商量？」

折紙簡短地回答後，美九便東張西望環顧四周。

「那個，為了慎重起見，我確認一下，目前只有妳一個人在吧？沒有別人吧？」

「沒有。」

折紙點頭稱是。其他精靈和這個家的主人士道、琴里，如今都不在五河家。

雖然主人不在，只有折紙一人待在客廳也很奇怪，但自從精靈的數量增加後，五河家便幾乎成為精靈們聚集的場所，因此所有精靈都有備份鑰匙。

「沒有被人安裝竊聽器吧……」

「除了我裝的以外，沒有其他的。」

「太好了～那人家就安心了～」

美九聽了折紙說的話，鬆了一口氣。

通常這時會有士道或琴里開口吐槽，如今只有折紙和美九在場，所以沒人吐槽……感覺有點寂寞。

「……然後啊，關於人家想找妳商量的事情啊……人家有一件事要拜託妳～」

「什麼事？」

折紙詢問後，美九便輕輕點了點頭，接著說：

「希望妳跟人家一起——成為『怪盜』！」

「…………什麼意思？」

折紙聽不懂美九的言下之意，歪頭表示不解。於是，美九表現出一副這也情有可原的樣子，點點頭接著說：

「也就是說……人家希望妳幫人家去偷個東西。」

「…………」

聽見美九吐出不妥的話語，折紙微微抽動了一下眉毛。

思考片刻後，了然於心地嘆了口氣。

「——是要偷襪子？還是牙刷？」

「啊！不是，人家不是指達令用過的東西。」

美九搖頭否認。看來並非如此。

仔細想想也有道理。如果要偷士道用過的東西，不需借助折紙的幫忙，現在立刻行動就好。

不過，若是希望能幫忙準備替代品以防被士道發現，這又另當別論了。

如此一來，「偷」這個詞便帶有更危險的意義。美九似乎從折紙的表情察覺到她的心思，訂正道：

「說是『偷』嘛，應該講成『奪回來』比較正確～～」

「怎麼回事？」

「其實啊～～……」

美九嘆了一大口氣，娓娓道來。

◇

「……怪盜紫丁香嗎～～？」

某天放學後，在自家品茶的美九聽見坐在對面的少女所說的話後，瞪大雙眼。

「是的……」

少女以不符外表的流暢國語如此回答。

她叫蘿莎莉．維爾貝克，是美九就讀的龍膽寺女子學院前幾天到校的交換留學生。

一頭絹綢般亮麗的金髮，白裡透紅的肌膚，一舉手一投足都充滿氣質和教養，是個完美呈現出「深閨千金」一詞的可愛少女。

老實說，是美九的天菜。不過……美九喜歡的女生類型範圍就像東京巨蛋那樣寬廣，有好幾種類型的女生都稱得上是她的天菜。

回歸正題吧。總之，美九在學校發現過去沒確認到的可愛女生，欣喜之餘便立刻邀請她來自己家裡作客，招待她美味的茶點——然而她卻一副鬱鬱寡歡的模樣。

一問之下，她才提出剛才那個名字。

「是的……妳有聽說過嗎？最近似乎鬧得滿城風雨……」

「唔～～……好像有聽過，又好像沒有……」

美九說完，蘿莎莉微微皺起眉頭接著說：

「數個月前，我家收到了一封預告信，上頭寫著『將去盜取薔薇少女』……啊，薔薇少女是我家的傳家寶寶石……當然，我父母都認為是缺德的惡作劇，沒有當作一回事。」

「結果，真的出現了？」

美九說完後，蘿莎莉表情沉痛地點了點頭。

「我實在不清楚事情是怎麼發生的，只是等我們發現時，薔薇少女已經不在盒子裡了……」

蘿莎莉說完垂下頭。美九一臉嚴肅。

「原來如此～～……不好意思，人家不知道妳遭遇到如此嚴重的事情，還悠哉地約妳來喝下午茶……」

「啊，不會……別這麼說。我反而很感謝妳。因為要是不做些事情轉移焦點，感覺心情會很低落……這樣不行呢，難得來日本當交換留學生，還一直擔心這種事……」

蘿莎莉苦笑著揮了揮手。不過，臉色立刻一沉。

美九盡量不讓場子沉默，立刻接話，好讓她打起精神。

「唔……怪盜啊～～究竟是誰幹的好事呢？只要知道這一點，就能好好懲戒他一頓了～～」

「這個嘛……」

美九說完後，蘿莎莉一臉尷尬地支吾其詞。
「咦？妳怎麼了～～？」
「不，沒有……沒什麼。」
「唔～～？」
蘿莎莉可疑的舉動令美九納悶地皺起眉頭。
「真是令人在意呢，有話就直說吧～～」
在美九的追問之下，蘿莎莉猶豫了一會兒，接著輕聲說：「其實──」
「……聽說怪盜紫丁香在盜取薔薇少女後，日本的某位資產家得到了和薔薇少女極為相似的寶石。」
「嗯嗯……？感覺很可疑喔。」
美九將手抵在下巴說道，蘿莎莉便愁眉苦臉地緊抓大腿，壓抑怒氣。
「去發布會的人將照片上傳社群網站……什麼極為相似，根本就是我家的薔薇少女……！」
「咦？妳是說，那個資產家就是怪盜紫丁香嗎～～？」
「我不知道……可是，我不認為與他無關。因為事實上薔薇少女就在他那裡。」
「是啊……妳把這件事告訴警察了嗎？」
「說了……不過，由於沒有證據，警方根本就不理我……」

蘿莎莉不甘心地咬牙切齒，低下頭。淚水滴滴答答地滴落桌面。

「薔薇少女不只是一顆美麗的寶石而已，還是我們家代代相傳的重要寶物……可是卻……」

「蘿莎莉同學……」

美九憐憫地望著蘿莎莉，不久，她眼神銳利地下定決心，牽起蘿莎莉不斷顫抖的手。

沒錯。人人都知道她誘宵美九看見女孩哭泣的臉會情緒亢奮，但絕不允許惹女生哭泣的傢伙。怎麼可以放著眼前悲傷落淚的少女不管。

「——請交給我吧。人家一定會幫妳奪回那顆薔薇少女。」

「咦……？」

美九說完，蘿莎莉深感意外地瞪大雙眼。

「奪回……究竟要怎麼做？」

「呵呵呵～」

美九莞爾一笑，轉了一個圈，裙襬隨風飄揚，動作妖豔地伸出食指觸碰雙脣。

「妳知道嗎～？所謂的偶像，可是有不為人知的一面喲～」

◇

「……事情就是這樣～～」

「…………」

折紙聽完來龍去脈，面無表情地凝視著美九。

「事情我了解了。所以，妳幫她奪回薔薇少女，要求了什麼代價？」

「要求她親人家的臉頰……不對不對，人家只是單純地想要幫助蘿莎莉同學而已～～！」

儘管說溜了嘴，美九還是激烈地狡辯……果不其然，她似乎要求了什麼回報。

折紙輕聲嘆息後，將手抵在下巴。

「怪盜紫丁香……」

「沒錯～～犯人好像就叫這個名字。妳聽過嗎？」

「聽過。記得尚未解決的連續竊盜案犯人就叫這個名字。」

「喔喔～～！不愧是折紙～～！可是，現在這種時代，真的有所謂的怪盜嗎～～」

這句話實在不像是一個剛剛才想要成為怪盜的人所說出口的話。折紙感到有些矛盾，但還是回答：

「受到創作的影響，自稱『怪盜』的竊盜犯其實不少。也有媒體打趣地稱呼以巧妙的手段做案的犯人。」

「是這樣嗎？」

「沒錯。除了剛才提到的怪盜紫丁香，還有人稱怪盜紫藤、怪盜玫瑰、怪盜亂麻等的竊盜犯尚未被逮捕。」

「呃……最後那個人應該是諧音冷笑話吧？」

「跟我說也沒用。」

折紙淡淡地說完，美九便甩了甩頭，打起精神繼續說：

「總之，不能原諒！以眼還眼！以偷還偷！人家和折紙去幫她偷回薔薇少女吧！人家已經想好隊名了！以宵字和鳶字來聯想，就叫作怪盜『夜鳶（Night Kite）』～～」

「為什麼要拖我下水？」

「咦？因為人家一個人肯定辦不到嘛～～據說對方非常有錢，好像在豪宅裡裝了一堆防盜裝置～～……」

「為什麼不去拜託〈拉塔托斯克〉？」

「唔～～人家也想過這個選項……但要是被琴里知道，她肯定會叫人家不要插手管這麼危險的事！我想如果是折紙，應該比較好說話～～」

「…………」

美九所謂的「不為人知的一面」，就是拜託別人幫助嗎？折紙輕聲嘆息。

「抱歉，我拒絕。妳找別人吧。」

「咦咦！為什麼呀～～！」

美九由衷感到意外地瞪大雙眼。折紙再次動手擺弄零件，一邊回答：

「那顆寶石就是薔薇少女的根據只有那名交換留學生的證言而已。只憑這一點就貿然行動，風險太大。重點是，我沒有理由接受這件事。」

「咦咦！有可愛的女生在哭泣耶～～！妳的心不會痛嗎～～！」

「我是覺得她很可憐，但沒有打算為了連長相都沒看過的陌生人成為竊盜犯。」

「才不是竊盜犯呢～～！是正義的怪盜『夜鳶』～～！」

「在刑法的規定下都一樣。」

「知、知道了啦……人家改成『鳶夜』總行了吧～～！」

「有差嗎？」

折紙冷漠地說完，美九便一臉不滿地鼓起臉頰。

隨後像是想起什麼似的，揚起嘴角邪魅一笑。

「……對了，折紙，妳之前說過吧。因為世界改變，失去了許多達令的照片。」

「——！」

聽見美九說的話，折紙微微抽動了一下眉尾。

於是，美九眼尖地捕捉到她的反應，加深了笑意。

「呵呵呵～～……其實人家還有沒拿出來讓妳看的士織收藏照喲～～……」

折紙一語不發地抬起頭。

「——怪盜『夜鳶』，執行正義。」

「呀～～！折紙我愛妳～～！」

美九扭動著身軀發出歡喜的叫聲。

結果——

「呵！妳們的對話我都聽見了。」

下一瞬間，客廳的入口傳來這樣的聲音。

「……？」

「是、是誰～～？」

循聲望去，發現一名不知何時出現，戴著眼鏡的短髮女性站在那裡。她交抱雙臂，靠在牆上，姿勢莫名帥氣。

她是本条二亞，和折紙與美九同為精靈。看來，是在兩人對話時來到了五河家。

「——二亞。」

「嚇人家一跳，原來是二亞呀~~」

美九無奈地嘆了一口氣。二亞不服氣地嘟起嘴脣。

「咦咦~~小美，妳那是什麼反應啊？可以再驚訝一點嘛~~」

「人家很驚訝呀~~……話說，妳聽到人家剛才說的話了嗎？如果妳對琴里他們保密，人家會很開心~~……」

美九說完，二亞大大地點點頭。

「我明白、我明白。我才不會那麼不上道呢——都是『半夜鳶（Midnight Kite）』的夥伴嘛。」

「……？」

「咦？」

折紙和美九目瞪口呆了一會兒，立刻察覺二亞話中的含意。

也就是說，她會幫忙保密，但得讓她加入才行。還機靈地連隊名都改了。

「這麼有趣的事情，不讓我參一腳，未免太不夠意思了吧。」

二亞眼睛散發出閃耀的光芒，如此說道。

照這樣看來，就算拒絕她加入也沒用吧。要是拒絕她，她跑去跟琴里告狀也很麻煩。折紙和美九彼此使了一個眼色，迅速交流了各自的判斷。

「知道了。不過，這個任務非常危險，必須聽從我的指示。」

「！那是當然！哎呀～～！真是躍躍欲試啊～～！我說，是不是應該準備預告信啊？」

「不行。不懂為何要故意讓對方產生戒備。」

「咦咦～～這是一種浪漫嘛～～」

二亞嘟起嘴脣。折紙不予理會，猛然站起來。

「——總之，既然決定了，就必須擬定作戰計畫。士道他們差不多該回家了，我們最好換個地方討論。」

「好的～～！了解～～！」

「是要移動到祕密基地吧！」

美九和二亞情緒高漲地如此回答。

折紙微微點點頭，在剛才擺弄的小型電子零件上蓋上蓋子，設置在觀葉植物的背面後，離開客廳。

美九和二亞納悶地盯著她的動作，但立刻像是察覺到她的用意般「啊～～」了一聲便不再說一句話。

◇

數日後的夜晚。

俯視郊外大宅邸的一座小山丘上，出現三道人影。

「…………」

一人當然是默默觀察宅邸情況的折紙。她穿著與黑暗融為一體的黑色迷彩服、輕量防彈外套，頭上戴著搭載紅外線瞄準器等各種感應器的頭戴式耳機。

「呵呵呵～～正義怪盜在此登場，懲奸除惡～～！」

另一人是背對著月亮擺出帥氣姿勢的美九。她與折紙截然不同，不知為何身穿男仕禮服與披風，頭戴大禮帽，右眼戴著單邊眼鏡。不僅行動不便，還引人注目，實在不像是等一下要潛入豪宅的打扮。

「凝視的哼哼～～♪」

而最後一人則是不知是忘記歌詞還是害怕著作權使用費，含糊地哼著歌的二亞。

她的打扮詭異程度與美九不相上下。因為她全身穿著藍色的緊身衣，腰間像沙龍一樣纏著黃色的布。順帶一提，不知為何用指尖夾著名片大小的卡片。

「——妳們兩個怎麼打扮成這樣？」

折紙輕聲問道，美九便猛然揮了一下披風，二亞則是挺起她單薄的胸膛。

「不愧是折紙！真是火眼金睛啊～～！說到怪盜，就是這種造型吧～～！」

「不不不，小美～～說到怪盜，應該是我這種打扮……哈、哈啾！」

說到一半，二亞打了一個大噴嚏。

這也難怪。畢竟在冬天的夜空下，她只穿著一件薄薄的緊身衣，當然會冷。

「先不論實用性，美九的服裝還能理解她的意圖，但我真的看不懂二亞妳的打扮。」

「就是說呀～～為什麼怪盜會穿緊身衣呀？啊！該不會是給人家的獎勵吧？既然是這樣就早點說嘛～～！來吧，披風裡很溫暖喲～～」

折紙和美九說完，二亞便戰慄地瞪大雙眼。

「咦咦……妳們兩個是說真的嗎？可惡……這就是代溝嗎？可是，我無法認同～～！絕對是莫理斯・盧布朗比較古老啦～～！」

二亞直跺腳，接著又打了一個大噴嚏：「哈啾！可惡～～」

「還有，那張卡片是什麼？」

折紙說著指向二亞手上的卡片。上面有著象徵書本、月亮、小鳥的時髦標誌，以及工整的「半夜鳶」文字。

「咦？看不就知道了？必須在現場留下這個，不然怎麼知道是誰幹的？」

「真是多此一舉。為什麼有必要特地留下犯罪痕跡？」

「咦？這個嘛……」

二亞本想以一副理所當然的態度回答，但思考了片刻後，發出啊哈哈的乾笑。

「……這是為什麼呢？」

「…………」

折紙一語不發地搔了搔臉頰。

——自己明明吩咐要各自以適合潛入的裝備集合，事情為什麼會演變成這種情況？

事到如今也不能中止作戰。折紙翻找後背包，拿出事先準備的裝備。

「總之，妳們兩個也戴上這個。」

「？小折折，這是什麼？」

「夜視鏡。」

「咦咦～～感覺不像怪盜～～……」

美九不滿地說道。不過，折紙半強迫地將夜視鏡塞給兩人後，接著說：

「——按照預定，洞三洞洞，開始潛入。各位，保險起見，來互相對時間。」

「啊，用這個可以嗎～～？」

「是、是。」

聽了折紙說的話，美九從懷裡拿出懷錶，而二亞則是以性感至極的動作，從緊身衣的胸口拿出手機。

「…………」

折紙沉默了一會兒，將預備的手錶遞給兩人。

◇

「……究竟是什麼事？」

阿久津賢造發出不耐煩的聲音，瞪著監控室裡的佣人們。

他是個年約六十多歲的男人，矮胖的身軀及一頭白髮是他最大的特徵。他的臉上飽經風霜，雖然年邁，眼神卻銳利無比，透露出他非比尋常的經歷。被他狠狠一瞪，其中一名年輕佣人甚至「噫！」地嚇得發不出聲音。

不過，也難怪阿久津會如此煩躁。若是在睡夢中被突如其來的警鈴聲吵醒，任誰都會心情不悅吧。

但又不能置之不理。因為警鈴響起，就代表發生了擾人清夢的事態。

「有、有侵入者。剛才感應器有反應，應該是有人潛進了這棟宅邸。」

「……侵入者？」

佣人面向螢幕說道。阿久津聽到後瞪大雙眼，原本因睡意而昏昏沉沉的意識瞬間清醒過來。

「在哪裡！有幾個人？馬上調出監視器畫面！」

「好、好的……」

佣人慌慌張張地操作控制檯。阿久津斜眼觀看，憤恨地吐了一口氣。

雖然不知是何許人也，但潛入這棟宅邸的人顯然是為了阿久津過去蒐集的寶物而來。

「可惡……」

阿久津怒不可抑地呢喃，一邊打開手上的硬鋁盒。

盒中出現了美麗的寶石。

那是薔薇形狀的淡紅色鑽石。它充滿著妖異的魅力，令見者一看便離不開目光。

這顆寶石名為薔薇少女，是阿久津前陣子才終於得到的寶物。

阿久津的房子裡還保管著其他數也數不清的金銀珠寶，但就小偷出現的時間點來判斷，很可能是衝著這顆寶石而來。

「可惡，好大的膽子。雖然不知道是誰，但我絕對不會讓你得逞……！」

「……！老爺，找到了！我馬上調出畫面！」

傭人的聲音響遍整個監控室。阿久津反射性地望向正面的螢幕。

三道人影正在疑似通風口的地方匍匐前進。一人穿著宛如特殊部隊的裝備，但不知為何後面的兩人卻一身男仕禮服與緊身衣的模樣。

而且，三人全是年輕少女。阿久津瞬間還以為摻雜了別的影像。

「……這些傢伙是怎樣？」

「是在……角色扮演嗎？」

看見出乎意料的影像，阿久津和傭人們的表情浮現困惑之色。

不過，阿久津立刻甩了甩頭重振精神。

「總、總之，一樣是侵入者。現在立刻——」

「——哎呀、哎呀，這麼晚了，還真是手忙腳亂啊～」

這時——

阿久津話還沒說完，監控室便響起這樣的聲音。

傭人們嚇得抽動肩膀。循聲望去，發現一名不知何時出現的歐美男人站在那裡。

身高大約一百九十公分，臉頰消瘦，雙手和手指都修長不已，身形宛如枯木一般。

「布拉克！你來啦！」

阿久津認出那道身影的同時，呼喚男人的名字。

——萊納爾．布拉克。他是阿久津的保鏢，也是阿久津最信賴的男人。

「你聽說了吧，有侵入者！肯定是衝著老夫的財寶來的……！」

「好了、好了，冷靜一點。用不著擔心。」

「可是……！」

阿久津大喊後，布拉克便將薄唇彎成新月的形狀邪魅一笑。

「還是說，您還不相信我萊納爾．布拉克這個巫師（Wizard）的力量？」

「……！」

聽見布拉克說的話，阿久津微微屏住呼吸。

沒錯。這個男人不是普通的人類，而是被稱為「巫師」，脫離常軌的超人。

當然，阿久津一開始也不相信這世上有巫師的存在。

不過他的力量無疑是貨真價實。

國營博物館、大銀行的金庫，以及世界各國的資產家和貴族的豪宅。

他以堪稱魔法的方式，從那些號稱防護得有如銅牆鐵壁的各種設施中，竊取阿久津想要的美術品和金銀珠寶。

萊納爾．布拉克——又稱為怪盜紫丁香。

現代首屈一指的稀世「魔法怪盜」。

「也、也對……有你在就放心了。」

「沒錯——不過，搞不好根本不需要我出馬。」

說完，布拉克面向牆壁中央的大型螢幕。

不同於監視器畫面，上頭顯示的是房屋的平面圖，各處都亮起紅色的標記。

「雖然不知道是哪裡來的小偷，不過還真是愚蠢呢。這棟宅邸設置的防盜裝置和陷阱都有點刺激，她們本人可能自以為順利潛入了……呵呵，但不過是猶如日本的一句諺語中所說的撲火的飛蛾。」

「原來如此，你說的確實不錯……」

阿久津聽見布拉克說的話，恢復了冷靜。

阿久津家的走廊上的確設置了殺傷力十足的陷阱。說好聽一點是慎重，說得難聽則是膽小，阿久津的這種個性和布拉克準備的各種合法、違法的陷阱，將這棟宅邸變成固若金湯的堡壘。

「好了，那些小偷差不多要進入陷阱區了。我們就在這裡悠閒地欣賞吧。運氣好的話，可能還會有一個人存活下來。」

「唔、嗯……說的也是。哈哈，哈哈哈哈哈！」

布拉克氣定神閒地說道。阿久津聽完，哈哈大笑。

◇

「——等一下。」

從通風口侵入屋內，離開漆黑通道的折紙，突然停下腳步，制止後面的兩人。

「？怎麼了？」

「嗯～～發生什麼事了嗎，小折折？」

美九和二亞心生疑惑地說道，從折紙的背後探出頭，看見擴展在前方的光景後，吃驚地發出聲音。

這也無可厚非。因為透過夜視鏡，她們的視野中描繪出好幾道紅線。

「喔喔～～好厲害喲～～這是所謂的紅外線感應器嗎？」

「哇喔～～第一次親眼看到呢～～原來真的有這種東西呢。這是那個吧，只要稍微碰到就會觸發警鈴。」

「觸發警鈴倒還好，怕的是可能觸發其他陷阱。」

折紙說著瞪向左右的牆壁、地板和天花板。看起來掩飾得很好，但沒有任何破綻反而顯得不自然。

「其他陷阱……怎麼說？」

「比如，若是碰到紅外線就會從牆上發射雷射光；或是發現紅外線，避開紅外線前進，就會觸發地板的重量感應器，跌進洞裡——之類的。」

「咦咦！那不就沒轍了嗎～～！」

「…………」

折紙觀察周圍的情況，倒退幾步，當場蹲下。腳下的牆壁能看見插座孔。大概是佣人要用吸塵器時所插的插座吧。

折紙翻找小袋子，拿出鐵絲，插進插座。

下一瞬間，啪嘰一聲，熊熊的火花四濺，原本遍布前方道路的紅外線一下子消失。

「呀！」

「哇啊！」

「——趁現在，快跑。」

說時遲那時快，折紙拔腿就跑。美九和二亞慢了一拍才跟著追了上去。

就在三人穿過長長通道時，響起「嗡嗡嗡……」的低沉聲響，通道再次遍布紅外線。

「呼、呼……喂～～要跑也別那麼突然啦～～」

「嚇死我了……妳剛才做了什麼啊～～？」

兩人氣喘吁吁地問道。折紙輕輕點頭，並回答：

「我讓電源短路，引發暫時性的停電。感應類的電源竟然與屋內的電源共用，真是前功盡棄啊。」

折紙說完，美九和二亞一臉欽佩地發出讚嘆。

「原來如此喵～～不過，要是電源是分開的，妳打算怎麼辦？」

「雖然不是百分之百確定，我猜想對方應該沒想得那麼周到。說起來，會想設置這種陷阱的敵人，是電影看太多了吧。」

「啊哈哈，嘴巴真毒～～」

二亞聽了如此笑道。這時，美九像是察覺到什麼似的發出聲音：

「啊，不過，剛才那麼做，屋裡的人應該發現我們了吧？」

「對方很可能早就發現我們的存在——在潛入屋內時，美九和二亞應該不可能完全沒碰到感應器。」

「唔唔！」

「哎呀～～」

兩人按著胸口，一臉大受打擊地扭著身軀。不過，折紙絲毫不在意的樣子，面向前方。

「——搞不好會出現敵人。別疏忽大意，跟緊我。」

折紙如此說完，帶著兩人再次邁開腳步。

◇

「輕而易舉地被突破了！」

阿久津在屋內最深處的監控室語帶哀號地說道。

這也難怪。畢竟才發生了幾秒的停電，顯示在螢幕上的侵入者們便通過了陷阱區。

不過，發生了這種事態，布拉克依然是老神在在。

「咯咯……原來如此、原來如此，看來有兩把刷子嘛。」

「你在笑什麼！你打算怎麼辦！」

「老爺，您冷靜一點。有什麼關係，反正陷阱不過是類似餘興節目。」

「什麼……？」

「您應該最清楚這棟宅邸裡到底有多少保鏢吧？」

「唔……這倒是。」

聽布拉克這麼一說，阿久津平息了怒氣。

布拉克說的沒錯，這棟宅邸平常有近五十名的保鏢待命。而且不是單純的地痞流氓或小混混，都是些學過格鬥技或防身術的人，想必能一下子就制服那種侵入者吧。

「對吧？平常讓他們白吃白喝，偶爾也該好好工作一下了吧。把人抓住，逼她們招出幕後指使者後，接下來就隨您處置。乍看之下三人全是年輕女人，老爺您也不討厭吧？」

「嗯？是啦……」

阿久津摩挲著下巴，再次注視著顯示在螢幕上的侵入者，揚起嘴角邪惡一笑。

◇

通過陷阱區的折紙三人安靜但盡可能迅速地通過阿久津家的幽暗走廊。

除了剛才那一處，沒有設置什麼像樣的陷阱。不過，這也是理所當然的事吧。這裡並非專門保管珠寶的金庫或寶物館，而是人生活的民宅。要是到處設置陷阱，也會影響日常生活。

「對了，小折折，看妳走得那麼順暢，是知道薔薇少女的所在處嗎？」

就在不知道轉了幾次轉角時，背後傳來二亞的聲音。

「——我從事先弄到手的平面圖構造來看，大概猜想得到它的位置。恐怕是在主人的寢室，那裡有金庫。」

「原來如此～那我們現在是在去那間寢室的路上吧～～？」

美九捶了一下手心說道。

然而，折紙搖頭否定。

「我們現在要去的，是管理警備系統的監控室——既然已經知道侵入者的存在，主人應該會移動到聚集最多人的地方，也可能在那時把我們鎖定的寶物帶在身上。就算對方沒有到那裡避難，只要攻占監控室，對方就無法得知我們的行動。」

折紙淡淡地說完，美九和二亞再次發出讚嘆聲。

就在那一瞬間——

「……！」

折紙輕聲屏息，當場停下腳步。

理由很單純。因為電燈突然亮了起來，隨後從走廊盡頭冒出一群黑衣男。

「唔喔！」

「呀～～！骯髒的男人～～！」

二亞和美九高聲吶喊。而折紙只是一語不發地將單腳移到身後，壓低重心，謹慎地瞪著那群黑衣男。

黑衣男見狀，也擺出戰鬥姿勢。

「哈，還以為是在說笑，竟然真的是女人啊。真誇張，好像漫畫一樣。」

打頭陣的一名黑衣男看了看折紙她們後，輕蔑地笑道。

「我姑且問一下，小姐們，妳們想不想乖乖束手就擒啊？雖然不能保證之後的下場，但至少可以讓妳們可愛的臉蛋少受一點傷喔。」

「…………」

「是嗎？這樣才有意思嘛。」

當折紙沉默不語地分析敵方的戰力時，黑衣男雙手握拳，擺放到胸前。

拳擊——不對，說是拳擊，重心反倒不自然。真正的答案應該是柔道或是摔角。對方裝出一副要打架的樣子，其實是打算鎖住她們的身體吧。

只有折紙才能看穿的微妙突兀感——這個男人早已習慣了戰鬥。折紙微微皺起眉頭。

如果是一對一，多得是辦法對付他。但若是要一邊保護美九和二亞，又必須同時面對這麼多人，可就費勁了。

就在折紙如此思忖時，突然有人將手擱在她的肩上。是美九。

「呵，這裡就交給人家處理吧。」

美九說完，甩動了一下披風。折紙一臉納悶，眉頭深鎖。

「他們不是妳能打倒的對手。退到後面去，至少別被他們抓去當人質。」

即使折紙這麼說，美九也不後退，反而輕聲說：

「沒問題的～～折紙和二亞，妳們在原地稍待片刻——『摀起耳朵』。」

「…………」

「啊～～」

折紙和二亞察覺到美九的意圖後便老實地點頭答應，用雙手摀住耳朵。

於是，美九向前踏出一步，吸了一大口氣——

「————————♪」

朝黑衣男們唱起搖籃曲。

◇

「什、什、什麼……」

阿久津在監控室看著螢幕，目瞪口呆。

不過，這也無可厚非。

畢竟一名侵入者少女做出類似唱歌的舉動後，保鏢們便同時倒下。

「這是怎麼回事啊啊啊！布拉克！布拉克！這到底是發生了什麼事！」

阿久津歇斯底里地大叫。然而布拉克還是一副冷靜至極的樣子，興味盎然地盯著螢幕，撫摸著下巴。

「唔嗯……大概是用了催眠瓦斯吧。從對方並未戴上類似防毒面具的裝備來看，可能是指向性的噴射裝置……」

「你還在悠悠哉哉地廢話什麼啊！」

阿久津怒吼道。於是，布拉克苦笑著聳了聳肩。

「不是您問我發生了什麼事嗎？」

「少囉嗦！重點是，你打算怎麼辦！陷阱和保鏢全都沒有屁用！」

「哎，那也沒辦法。表示對方略勝一籌嘍。」

布拉克搔著頭說道。看見他那悠哉的模樣，阿久津又想大聲咆哮。

不過——卻在前一刻嚥了回去。

因為布拉克將類似軍牌的東西抵在額頭後，他的身體瞬間籠罩淡淡的光芒。

「什麼……」

面對突如其來的事態，阿久津大吃一驚。瞬間改變裝扮的布拉克挺起胸膛，像在炫耀他身上的機械鎧甲。

「——既然前面的方法都解決不了她們，沒辦法，只好讓我親自出馬了。您當然會支付我特別獎金吧。」

「沒、沒問題嗎？你不是說對方有催眠瓦斯……」

說到這裡，阿久津止住了話語。

因為布拉克邪魅一笑，他便宛如被鬼壓床一樣，身體完全無法動彈。

「……！」

「哈哈，抱歉、抱歉。我有點鬧過頭了吧。」

布拉克愉悅地如此說道，同時阿久津的身體終於又能活動。

「……！呼……！呼……！剛、剛才是你幹的好事嗎……？」

「沒錯。經過剛才那件事，你是否稍微理解了一點？格鬥術？催眠瓦斯？哈哈！那種東西在巫師的隨意領域面前，連三腳貓功夫都不如。」

布拉克誇張地張開雙手，繼續說：

「不是我自豪，我在DEM裡也算是個赫赫有名的巫師。只要對方不是精靈，我就不可能吃敗仗。老爺您只要像個反派一樣，一手拿著白蘭地，一手摸著貓等待就好。」

布拉克打趣地說道。

他那一派輕鬆的態度看在阿久津的眼裡顯得可靠萬分。

「嗯……那就拜託你了，布拉克。」

「沒問題。」

巫師萊納爾．布拉克聽著背後阿久津傳來的聲音，離開了監控室。

◇

「——別動。」

一打開監控室的門，折紙便對其中的數人發出警告。

美九和二亞也緊接著從折紙的身後進入室內。

「喝啊！怪盜『半夜鳶』！」

「在此登場～～！」

說完，兩人擺出帥氣的姿勢。由於兩人分別在折紙的左右邊擺出姿勢，折紙看起來也像是跟著擺出了姿勢。

……反正，也沒什麼問題啦。折紙立刻切換思考，謹慎地放眼望向整個房間。

陳設了好幾臺螢幕的室內，可以看見數名佣人和一名老人。這個老人想必就是這棟宅邸的主人阿久津賢造吧。

「什麼……！」

阿久津難以置信地望向折紙她們，發出顫抖的聲音。

「妳們怎麼會在這裡！布、布拉克呢？」

「……布拉克？哪位啊～～？」

「該不會是那傢伙吧？就是剛才出來的那個人。」

「啊～～那個折紙十秒就打敗的人啊～～」

「布拉────────克！」

二亞和美九閒話家常般說道，阿久津便雙眼圓睜大喊。

「不過，真是嚇了人家一跳呢。他是巫師吧～～？」

「恐怕是DEM Industry出來賺外快的人吧。我曾聽說在社內排行低，也無望調往對抗精靈部隊的巫師，會讓ＤＥＭ相關的政治家和資產家豢養。即使是沒什麼實力的巫師，對一般人來說也足以構成威脅。」

「咦咦～～感覺好遜喔～～」

「就是說啊～～好像不被同年齡層的人理睬，就硬是跑去小學生群裡稱王的國中生一樣。」

美九和二亞竊竊私語（聲音稍嫌大）地說完，不知為何，阿久津大受打擊似的露出愕然的表情。

「──不過，巫師還是巫師，也讓我費了一點力。」

折紙輕聲說道，阿久津便望向他手中的硬鋁盒。

「阿久津賢造，把薔薇少女交給我吧。」

折紙向前踏出一步。

「別、別動！」

於是，阿久津肩膀抖了一下，從口袋拿出類似小型遙控器的物品。

「我、我絕不交給任何人……！薔薇少女是我的東西！與其被妳們搶走，不如我現在就在這裡炸碎它……！」

「呀～～！你這是幹什麼呀！真是不見棺材不掉淚耶～～！」

「哈、哈哈哈！隨妳們怎麼說！」

「…………」

折紙聽著美九和阿久津的聲音，一語不發地瞇起眼睛。

位於房門口附近的自己與位於房間深處的阿久津的距離，目測約有五公尺。折紙雖能一瞬間縮短距離，但恐怕還是不及對方按下遙控器的速度。

至少一秒，能讓對方轉移注意力的話——

就在折紙思考著這種事的瞬間。

「唔嘎……！」

冷不防有東西掠過她的視野，隨後，阿久津突然按住自己的手，發出痛苦的聲音。

「————！」

雖然不知道發生了什麼事，但折紙並沒有放過這個好機會。她立刻蹬腳縮短距離，由下往上踢飛阿久津手上的遙控器。

「什麼……！」

「呼——」

折紙以流暢的動作壓低重心後，直接以腳底踹向阿久津的心窩。

「唔……休想搶走……薔薇少女……！」

阿久津吐出痛苦的聲音，咚一聲倒臥在地。

折紙用眼角餘光注意害怕的佣人們的動靜，打開阿久津原本拿著的硬鋁盒，確認裡頭裝著目標寶石。

「……？這是——」

就在這時，折紙發現趴倒在地的阿久津身旁掉了一張卡片。

——上頭有著「半夜鳶」的標誌。

「嘿嘿～～怎麼樣啊，小折折？派上用場了吧？」

二亞得意洋洋地如此說道。看來是二亞射出那張卡片，讓阿久津露出了破綻。

「呀～～！二亞，妳好厲害喲！射得好準喔～～！」

「嘿嘿嘿，再繼續誇獎我呀～～……其實要射準有難度，我就在卡片邊緣劃了一個缺口，用橡皮筋射出去～～就像以前拿用完的電話卡來玩那樣。咦，妳們那是什麼臉啊？別跟我說妳們連電話卡都不知道喔。」

說完，二亞拉長手上的橡皮筋，彈了一下，然後微微甩了甩手。好像很痛的樣子。

折紙彎下腰收走卡片，回到美九和二亞身邊。

「——幫了我大忙。我收回卡片沒用這句話。」

「呵呵～～知道就好！……奇怪，妳幹嘛把卡片收走啊？」

二亞自豪地挺起胸膛，隨後發現折紙手中的卡片後，歪頭表示疑惑。

「盡量不留下我們作案的痕跡——美九，有辦法利用『歌聲』消除屋裡所有人腦海裡有關我們的記憶嗎？」

「啊！原來如此！人家試試看～～不過，對失去意識的人無效，要等沉睡的人們清醒了才有用～～」

「沒關係。趁現在把他們綁起來，讓他們無法動彈。看來他們好像還偷了其他東西，把那些犯人扔在玄關，然後報警，讓他們百口莫辯。」

折紙和美九如此說著，二亞一臉不滿地擺了擺手。

「咦咦～～通常不是要讓刑警日後發現卡片，不甘心地說：『可惡～～又是那群傢伙～～

～！』這樣才對吧～～？」

「我不懂想故意留下前科是什麼心態。」

「咦咦咦～～」

二亞依然無法接受，但折紙不予理會，開始行動。

——結果，怪盜「半夜鳶」的初次登場（沒有下次登場的計畫）在幾乎接近完美犯罪的狀態下落幕。

◇

隔天。

「——給妳，蘿莎莉同學。妳確認一下是不是這個？」

美九把蘿莎莉找來家中，將從阿久津家偷回來的薔薇少女擺在桌上。

「……！美、美九同學！這到底是怎麼拿回來的……！」

坐在桌子對面的蘿莎莉雙手掩嘴，面露驚愕之色。美九得意洋洋地哼了兩聲，回答：

「呵呵呵～～人家不是說過嗎？偶像有不為人知的一面……啊，妳可千萬要保密喲。」

美九說完，蘿莎莉點了點頭答應，眼淚撲簌簌地流下。

「謝、謝謝妳……沒想到薔薇少女還能回到我的手中……」

「啊啊！不要哭啦。人家就是為了讓妳開心才幫妳搶回來的，妳哭就沒有意義了～～！」

美九以開玩笑的語氣說完，蘿莎莉便擦乾淚水，綻放笑容。美九見狀，也跟著笑逐顏開。

但又立刻一本正經，呼吸急促地動著手指。

「──所以，來吧，蘿莎莉同學，我們說好的～～……」

「咦……？啊──」

蘿莎莉瞬間瞪大雙眼，隨後像是察覺到美九的意圖般羞紅了臉頰。

「好……我知道了。可是，真的可以嗎？」

「咦？什麼意思～～？」

聽見蘿莎莉意味深長的話語，美九歪了歪頭。於是，蘿莎莉以性感至極的動作撩起頭髮，慢慢挨近美九身邊。

然後在她的耳邊輕聲呢喃：

「──真的只要親臉頰就可以了嗎？」

「…………！」

形象清純的蘿莎莉語出驚人，令美九慌亂得眼珠子直打轉。

於是，蘿莎莉舔了一下嘴唇，接著說：

「美九同學……可以請妳閉上眼睛嗎？」

「好……好的～～～～！」

攻守逆轉。美九喜歡進攻美少女，但也熱愛被美少女玩弄在股掌之間。她聽從表情突然變得魅惑的蘿莎莉的指示，乖乖閉上眼睛。

◇

「折紙～～～～！二亞～～～～！」

怪盜大作戰的隔天，當折紙正在五河家的客廳將新入手的士織收藏品貼在相簿上時，隨著一道吵鬧的叫聲，美九滾了進來。

「幹嘛？」

「嗯～～小美，妳今天依然精神百倍呢～～到底是怎麼了？」

折紙與剛好在場的二亞一臉納悶。

於是，美九甚至忘了調整呼吸便連忙接著說：

「被、被、被偷了！薔薇少女……！」

「——這是怎麼回事？」

「咦！該不會又是那個阿久津什麼來著的偷走的吧？他不是已經被警察逮捕了嗎？」

折紙和二亞詢問後，美九猛力搖了搖頭，拿出一張卡片放在桌上。

「這、這個！妳們看這個！」

「……？」

折紙和二亞滿頭問號，探頭看那張卡片。

隨後，驚愕得瞪大雙眼。

「薔薇少女，我收下了。

謝謝妳，美九學姊♡

怪盜玫瑰」

因為那張卡片寫著以上的文句，還留下玫瑰符號。

「美九，這張卡片是哪裡來的？」

「是蘿莎莉！蘿莎莉要人家閉上眼睛，結果什麼也沒發生，當人家想說是放置play嗎～～？微微睜開眼後，就發現薔薇少女不見了，只留下這張卡片……！」

「…………」

聽完美九亂七八糟的說明後，折紙沉默不語地眯起雙眼。

下一瞬間，某處傳來輕快的手機來電聲。

「呀！」

看來是美九的手機發出的聲音。美九拿出手機，望向螢幕——露出更加驚愕的表情。

「蘿……蘿莎莉！」

「……！」

折紙抽動了一下眉毛，美九連忙按下通話鍵，將電話抵在耳朵。

「喂、喂！蘿莎莉同學！這是怎麼回事～～！妳不是答應了要親人家的臉頰——」

「給我。」

折紙打斷美九，一把搶過她手上的智慧型手機。

「喂？」

『——啊啊，喂？太好了，有個聽得懂人話的人在。』

折紙接聽電話後，話筒傳來一道女聲。說話方式跟美九形容的單純的深閨千金給人的印象有些不同。

『妳該不會就是鳶一折紙小姐吧？前ＡＳＴ的。這次非常感謝妳的幫助。』

蘿莎莉語帶反諷地說。

……看來對方認識折紙。折紙思考了一下，發出聲音：

「……妳是利用我打敗DEM的巫師，然後坐收漁翁之利嗎？」

折紙簡短說完，蘿莎莉驚訝地吹了一聲口哨。

『真是厲害。我才給妳這麼一點訊息，妳就推算到這個地步。』

就算被竊盜犯誇獎也沒什麼好開心的。折紙微微皺眉。

——蘿莎莉．維爾貝克，也就是怪盜玫瑰，盯上了阿久津的薔薇少女，但知道阿久津家有一個非比尋常的超人——巫師。

想必是為了打倒他才刻意接近前AST的折紙——認識的人當中特別容易拉攏的美九。

然後，蘿莎莉像是察覺到折紙的心思般接著說：

『啊啊，不過妳放心吧，薔薇少女真的是從我老家被偷走的東西，只是預告信等等，或是得知犯人的契機都是我隨口胡謅的——身為怪盜卻被同業偷走傳家之寶，不是很丟臉嗎？不過，那個叫巫師的存在？正常人根本打不過吧。』

蘿莎莉爽朗地笑道。

『我本來是想把妳當成誘餌就好，沒想到妳真的幫我偷到手了。佩服佩服。如果下次有緣，我還想拜託妳幫忙呢。』

「…………」

聽折紙沉默不語，蘿莎莉啊哈哈地笑道：

『別那麼生氣嘛。也幫我跟另外兩人問聲好，再見啦（Salut）！』

蘿莎莉說完這句話便掛斷了電話。

折紙輕聲嘆息，將手機扔回給美九。

「啊！蘿莎莉同學！人家還沒說完～～！妳一定要親人家的臉頰喔～～！拒接電話也沒用喲～～～～！」

美九怒氣沖沖地朝話筒滔滔不絕地說道。看來對美九而言，親臉頰這件事比蘿莎莉的真實身分重要。

「…………」

折紙為了壓抑心中的不耐，坐到沙發後再次開始製作士織的相簿。

順帶一提，這段期間，二亞興致勃勃地端詳著怪盜玫瑰的卡片，呢喃道：「好酷……怪盜果然會留下卡片呢……」

測驗美紀惠

MeasurementMIKIE

DATE A LIVE ENCORE 7

「唔唔……感覺好緊張啊。」

岡峰美紀惠將嬌小的身軀蜷縮得更小，發出顫抖的聲音。

不過，這也無可厚非。

因為她的面前出現了好幾名巫師。

——存在於東京都天宮市一角的陸上自衛隊天宮駐防基地。

天宮駐防基地原本就是對抗精靈部隊ＡＳＴ的所在地，平時聚集了許多巫師，卻鮮少有數量如此多的巫師齊聚一堂，至少美紀惠幾乎不曾目睹這樣的場面。

她忐忑不安地環顧四周，紮成兩束的頭髮髮梢微微顫動著。

突然有人輕輕戳了她的腦袋。

「好痛！」

「不要縮成一團啦。挺直一點，別畏縮。」

緊接著，頭上傳來這樣的聲音。美紀惠揉著頭，慢慢抬起臉。

便看見一名身穿與美紀惠同型的陸自制式採用型接線套裝的女性站著那裡。綁成一束的黑髮，以及高挑的身材。她是美紀惠隸屬的陸自ＡＳＴ的隊長，日下部燎子上尉。

「可、可是，隊長……」

「別可是了。現在就這樣的話，實戰的時候該怎麼辦？」

「妳說的……是沒錯啦。但是我從小只要碰到要寫上名字的，像是考試或測驗這種事情，就會緊張……」

美紀惠十指交握，嘆了一大口氣。

沒錯。如今一群巫師聚集在天宮駐防基地的訓練場，並非要進行戰鬥或是參加什麼集會——而是為了參加巫師能力測驗。

而且乍看之下，參加的不只是ＡＳＴ的隊員。

聚集在訓練場的巫師群當中，還能看見許多人身上穿著的接線套裝與美紀惠她們不同款式。有時優秀的巫師的確會得到特別的裝備，但數量未免太多了，就好像聚集在這裡的是與美紀惠她們不同的團體。

「那些人是誰？是其他駐防基地的人嗎……？」

「妳在說什麼傻話啊？是ＤＥＭ的人啦，ＤＥＭ。」

燎子無奈地聳了聳肩。美紀惠「啊……！」地瞪大雙眼。

所謂的ＤＥＭ是一家總公司設在英國的軍事企業名稱，這家公司開發了美紀惠等人所使用的顯現裝置，以及附帶的各種兵器。

而這家製造顯現裝置的ＤＥＭ公司雖然是民間企業，卻以新兵器的試用者或集團旗下的民間軍事公司職員之名目，在社內擁有許多巫師，其訓練的程度不亞於各國的對抗精靈部隊……不對，甚至可說遠遠凌駕其上。

「可、可是，為什麼ＤＥＭ的巫師會來啊……！」

美紀惠說完，燎子便吐了一口氣開口：

「ＤＥＭ的巫師也需要定期能力測驗啊。但我們巫師總不能測個握力就結束吧。必須找個場地大、設備齊全，還有萬一發生問題時不能讓市民知道的隱密場所……如此一來，這一帶就只有一個地方了吧——就算是日本以外的國家，分公司附近若沒有專用訓練場，也會借用當地國軍或警察的設施。」

「原、原來如此……」

美紀惠點了點頭表示理解。於是，燎子露出感覺有些無趣的表情，盤起胳膊。

「但也不單單是這樣。」

「怎、怎麼說……」

「嗯……」

燎子輕聲嘆息後，瞥了左方一眼。美紀惠也跟著她的視線望去，結果看見ＡＳＴ的隊員們各個臉上掛著緊張的神情，但還是不如美紀惠緊張就是了。

「……正如妳所知道的，DEM的巫師全是精銳，而且奢侈地使用最新的Unit裝備，實力當然堅強。」

美紀惠聽完，「啊」地瞪大雙眼。

「該不會是為了刺激我們……之類的吧？」

不論是學習還是運動都常聽人說，比起一個人埋頭努力，有競爭對手或目標人物反而會成長得比較快。也許是想透過近距離目睹菁英巫師來提高各國對抗精靈部隊的自覺吧。

然而，燎子聽完美紀惠說的話卻皺起眉頭。

「唔～～不能排除有這種可能性啦。但是那個DEM會基於這種善意的理由行動嗎？」

「咦……不是嗎？那到底是……」

「理由很單純。是讓我們看到力量的差距，真真切切地體認到哪一邊實力強的示威行為。」

燎子瞇起眼睛，無奈地嘆了一口氣。

「就、這為了這種理由嗎……？」

「妳敢說沒有這種可能嗎？」

燎子眉頭深鎖地問道。美紀惠「唔……」地不知該怎麼回答。

製造出顯現裝置的DEM Industry功績無量。畢竟若是沒有這間公司，美紀惠等人甚至沒有辦法對抗引起空間震的精靈。

不過，在這個前提之下，還是有許多人對DEM傍若無人的態度十分反感。

表情充滿不耐的燎子是如此——美紀惠也是其中一人。

AST也吃了不少DEM的悶虧。像是突然派巫師加入AST，組織一個獨立的部隊、命令她們參加分公司的防衛戰……甚至是發生了與新兵器有關的騷動，結果原因就出自DEM。美紀惠想起這些事情，低吟了一聲撇起嘴。

「…………」

「反正……大概就是這樣。」

燎子像是察覺了美紀惠的心思，按住她的頭撫摸。

然後高聲對周圍的AST隊員們宣言：

「各位，提高士氣。雖說是測驗，就把它當作實戰來面對吧！可別輸給DEM的巫師喲！」

聽見這道聲音，原本萎靡不振的AST隊員們赫然抬起頭。

美紀惠也一樣。她與隊員們彼此互看，點頭回應：

「「是……！」」

「很好，表情終於開朗一點了。」

燎子說完揚起嘴角。

這時，三名巫師立刻走上前來。

「呵呵……隊長，看來輪到我們出馬了。」

「是啊。DEM Industry的巫師——足以當我們的對手。」

「殺殺殺殺殺殺殺。」

「妳……妳們是！」

美紀惠大喊後，三名女子便邪佞一笑，精確地擺出姿勢。

「ＡＳＴ第四分隊，魔彈之藍子！」

「同為ＡＳＴ第四分隊的堅牢之瑠里花！」

「……殺殺殺……滅殺之混沌琉，殺殺殺……」

「其中好像有一個人很恐怖耶！」

美紀惠不禁語帶哀號地說道。於是，燎子瞇起眼睛，無奈地開口：

「妳是第一次見到她們嗎？她們是怪咖雲集的第四分隊的隊員。」

「有個類似劊子手的怪咖混在裡面吧！」

「嗯，算是一種人設吧。實際上沒殺過人……大概吧。」

「大概？」

美紀惠發出變調的驚叫聲。接著，不知從哪裡傳來嘻嘻的嗤笑聲。

燎子循著笑聲望去——微微皺眉。

「……有什麼好笑的，DEM的巫師？」

她以嚴厲的聲音對站在那裡的數名巫師說道。其中一名——滿頭編髮的女性走上前來。歐美人特有的深邃五官，以及一身鍛鍊出來的肌肉。她的風格連美紀惠也能一眼看出實力堅強。

「哎呀，如有得罪，請多包涵。我們也不想笑，誰教妳們說的話太可愛了。」

「可愛？」

「是啊。我們根本沒把妳們放在眼裡，妳們卻單方面把我們當作敵人——妳想想看嘛，如果有不清楚實力差距的小朋友主動挑戰，不是會讓人不禁會心一笑嗎？就是那種感覺。」

「是、是喔……？」

燎子的臉頰不斷抽搐，額頭冒出青筋。

「哎呀，DEM的巫師還真是成熟的大人呢……不過，挑釁時最好不要太貶低對方吧？」

「哎呀，難道靠嫉妒或反骨所發揮出來的力量會勝過我們嗎？」

「不是。只是怕妳們吃敗仗時不好找藉口罷了。」

「……哦？」

聽見燎子說的話，女人的臉上第一次出現笑容以外的表情。兩人視線相交，四周充滿壓力，火花四濺。

氣氛一觸即發，彷彿要開始展開決鬥。美紀惠連忙抓住燎子的手制止她。站在對方身後的巫師們也感覺到氣氛充滿火藥味，表情產生了變化。

然而，下一瞬間——

「妳們在做什麼？」

一道凜然的聲音劃破緊張的空氣，響徹四周。

「「……！」」

DEM的巫師們聞聲後同時肩膀一震，望向聲音來源。

美紀惠等人也循著她們的視線望去。

於是，有一個人正好穿過人牆走來。

「咦——」

美紀惠看見那人的長相後，不禁雙眼圓睜。

一頭及肩過背的淡金髮長髮及一雙碧眼。從她身上穿著接線套裝這一點來看，肯定是巫師沒錯。但她的容貌與其說是征戰沙場的戰士，更像深閨千金或美麗的洋娃娃。

外表看來也很年輕，應該跟AST最年少的美紀惠差不多吧。不過，當她發出聲音、現身的瞬間，DEM的巫師們各個明顯神情緊張，連大氣都不敢吭一聲。

「……梅瑟斯執行部長。」

數秒前還跟燎子發生口角的巫師皺起眉頭，望向少女。

從她的表情能夠感受到敵對心——就像燎子對她的感覺——而非周圍巫師表現出的敬畏心。

不過，似乎只有美紀惠察覺到這件事。站在她正面的燎子比起她的表情變化，更在意她吐出的名字。

「艾蓮．梅瑟斯……！她怎麼會在這裡……」

「……？隊長，妳認識那個人嗎？」

美紀惠詢問後，燎子便望著少女——艾蓮，開口：

「是啊……她是DEM Industry的第二執行部部長，艾蓮．M．梅瑟斯……被譽為人類最強的巫師。」

「人、人類最強……！」

聽見燎子說出的話語，美紀惠表情染上驚愕之色，再次望向艾蓮的臉龐。

可愛的容貌，實在想不到會有如此危險的稱號。

不過，艾蓮那與周圍巫師們的反應呈現對比的悠然態度，擁有十足的說服力顯示出她的獨特性。

「…………」

艾蓮絲毫沒察覺美紀惠的驚愕，望向先前與燎子發生口角的女人。

「——妳好像是第一執行部的……」

「……朵蜜妮佳．舒寧咸。」

女人──朵蜜妮佳沒好氣地回應艾蓮。於是，艾蓮輕輕點了點頭，接著說：

「舒寧咸。好戰不是壞事，但敵意應該要投射在精靈身上──況且，我們現在是借用人家AST的訓練設施，別忘了敬重人家。」

艾蓮說完，朵蜜妮佳露出銳利的眼神，嘆了一口氣。

「……了解了。不過，我得提醒妳一件事。」

「什麼事？」

「我們第一執行部的首席巫師不是妳，而是克勞莉執行部長。妳可別忘了。」

「「…………！」」

朵蜜妮佳說完，DEM的巫師們開始一陣騷動。

從她們的態度多少可以猜出理由。大概是不敢相信朵蜜妮佳竟敢嗆艾蓮吧。

不過，艾蓮本人倒是不怎麼在意的樣子，點頭回應：

「嗯，我知道。所以妳才更要注意，妳輕率的行為會丟了克勞莉的臉。」

「…………！」

聽了艾蓮說的話，朵蜜妮佳不悅地握緊拳頭。不過，艾蓮完全沒把這件事放在心上，這次則是望向燎子。

「失禮了，妳就是AST的隊長吧。」

「……我叫日下部燎子，階級是上尉。」

「我是DEM Industry第二執行部部長，艾蓮·梅瑟斯。日下部上尉，感謝妳們提供場地。讓我們互相切磋琢磨，打敗精靈吧。」

說完，艾蓮朝燎子伸出手。

「好、好的……」

燎子臉頰流下汗水，和艾蓮握手後，艾蓮便輕輕點頭，離開現場。

直到看不見她的背影，周圍的空氣才一口氣放鬆下來。

宛如長時間憋氣後突然呼吸的解脫感。美紀惠望著艾蓮離去的方向，吐了一大口氣。

「呼……好厲害喔。年紀輕輕卻是最強的巫師，而且還彬彬有禮……原來DEM也有那種人存在啊。」

「彬彬有禮啊……算是吧……」

燎子用手背擦拭汗水，露出乾笑。

「……老實說，我寒毛都豎起來了。那傢伙的眼神，有沒有把我們當成人類看待都不知道。這樣的話，像某人一樣汪汪叫個不停還比較可愛呢。」

「咦……」

燎子說完，美紀惠抬起頭，立刻便發現那個「某人」還在眼前。

「隊、隊長，妳別又說這種會引發口角的話啦……」

不過，美紀惠的擔憂只是杞人憂天。站在她旁邊的朵蜜妮佳早已不理會燎子，正氣憤難平地瞪著艾蓮離去的方向。

「……我們走吧。」

朵蜜妮佳一臉不悅地嘆了一口氣，隨後便帶領疑似部下的巫師們離開。

「啊……走掉了。」

「是啊，別理她了。想必她也有一定的實力，但見過那種怪物後，她看起來只像隻小狗。」

燎子哼了一聲，甩甩頭重新打起精神。

「反正，妳們給我鼓起幹勁。不管有什麼人在，都別給我退縮。」

「「是……是的！」」

燎子說完，美紀惠以及其他ＡＳＴ隊員們便異口同聲地回答。

◇

就這樣，能力測驗開始了。

分區隔開的訓練場中，各區聚集了十幾名巫師，依序測驗身為一名巫師的能力和熟練程度。

雖然概括成一句「巫師的能力」，但其中涉及快速啟動顯現裝置、隨意領域的強度及範圍，以及其屬性變化所需的時間和單純的產生魔力值等多方面的項目。

美紀惠跟著標示來到的區域是測驗將產生的魔力作為砲擊使用時的威力。在類似射擊場的場地設置堅固的標靶，標靶的五百公尺前方則準備了數把像是手槍的裝備。

另外——還能看見一名看似測定人員的金髮少女。嬌小的身軀穿著白袍，挽起衣袖。明明戴著眼鏡，額頭上還戴著厚厚的護目鏡。

「咦……？」

看見那名少女的模樣，美紀惠瞪大雙眼。少女正巧抬起頭，朝她猛揮手。

「喔，這不是小惠嗎～」

「小米！妳怎麼會在這裡？」

美紀惠呼喚少女的名字並跑向她——她是米爾德蕾德．F．藤村，負責維修美紀惠她們AST裝備的技師。

「哎呀～人手不足被抓來了～」

小米啊哈哈地笑道，拿起放在那裡的裝備交給美紀惠。

「事情就是這樣，快點測驗吧。用這把槍射擊那裡的標靶。當然要火力全開地射擊。」

「喔，好……這把槍是什麼？」

「測驗用的低輸出功率雷射槍。要是真的釋放出全部的力量，不把訓練場毀了才怪。反正，只要把它想成攻擊力會變成平常的百分之一就好。」

「原、原來如此……」

美紀惠握住槍柄，在小米的催促下站上射擊場，將槍口指向前方的標靶。

然後集中注意力，利用顯現裝置產生魔力。

與實戰不同的是，不需要分出一些力量來防禦。美紀惠將所有的力量灌注到手槍中——扣下扳機。

「——喝啊！」

在一股清厲如裂帛的氣勢下，魔力光從槍口噴射而出，命中標靶，迸出火花。

標靶只留下些許痕跡，看不出像樣的損傷。由於威力太過薄弱，美紀惠不禁冒出冷汗。

「該怎麼說呢……明知威力被限制住了，還是有點吃驚呢……」

於是，小米望著手上的終端機螢幕，高聲說道：

「會嗎？六〇二分就美紀惠妳的階級來說，算是挺高分了喔。不習慣產生魔力的人，有時魔力彈還打不到靶子呢。」

「是、是這樣嗎……」

「是啊。妳看，那邊的那群人都沒打中標靶。」

美紀惠望向小米所說的方向，便看見剛才自信滿滿的魔彈之藍子、堅牢之瑠里花，以及滅殺之混沌琉心灰意冷地蹲在那裡。

「咦！等一下，妳們不是很強嗎……話說，藍子小姐的稱號不是『魔彈』嗎！」

「……咦？那不是稱號啦，是姓氏。我叫間團野（註：日文發音同「魔彈之」）藍子。請多指教……」

藍子表情陰鬱地說道。美紀惠臉頰流下一道汗水……該不會其他兩人的稱號也是姓氏？再怎麼說也不可能有人姓「滅殺」吧……

就在美紀惠如此思忖的時候，一發威力比剛才更強大的魔力彈命中了射擊場的標靶。標靶的一部分被粉碎，冒出陣陣煙霧。

看來是下一個巫師所射擊的。美紀惠望向射擊處，發現射擊者是剛才與燎子發生口角的巫師——朵蜜妮佳。

「喔、喔喔……」

「差不多就是這種威力吧。測定人員，數值是多少？」

「好的、好的，我看看喔……哇喔，有一五二〇分呢，大幅超越了平均值。」

聽見小米說的話，朵蜜妮佳哼了兩聲，聳聳肩並得意洋洋地望向美紀惠。

「怎麼樣啊，小妹妹？這就是DEM巫師的——」

下一瞬間，周圍一聲轟然巨響，閃過一道刺眼的光芒。

「呀……！」

「什麼……！」

宛如高輸出功率的雷射槍在極近距離發射般的衝擊波襲向美紀惠等人。沙塵飛揚，地面微微震動，小米則是直接跌向後方。

「到、到底是怎麼回事……」

面對突如其來的衝擊而擋住臉龐的美紀惠片刻過後抬起頭——終於明白剛才發生了什麼事。

因為朵蜜妮佳的後方站著將手伸向前方的艾蓮。

沒錯。剛才的閃光、巨響以及衝擊，全是因為艾蓮射擊測定槍所造成的。

「……！」

美紀惠嚥了一口口水，望向標靶的方向，一雙眼睛瞪得更大了。

不過，那也是理所當然的事。因為剛才還存在的看似堅固的標靶已不見蹤影——而且光是這樣仍無法消弭魔力彈的威力，射擊場的地面被擊出了一個大窟窿。

「呼唔……」

艾蓮輕聲吐了一口氣，看向手上類似黑色握柄的物體。

當艾蓮將手移開後，美紀惠才發現那就是已經燒燬的測定槍的槍柄。

「抱歉，我把設備弄壞了，本來還以為百分之一應該承受得住。我會賠償，待會兒請把請款單送到ＤＥＭ。」

艾蓮扶起跌向後方的小米並說道。小米慌亂得眼珠子直打轉，來回望向艾蓮和標靶。

「不、不會……那個，妳也太猛了吧。」

「是啊。畢竟擁有最強的稱號嘛。」

艾蓮理所當然般說道。

不過，美紀惠以及其他人都並未對此有任何異議。因為要是她在此時表現出謙遜的態度，美紀惠反正會覺得自己格外淒慘。

「——我要去下一個區域做測驗了。再見。」

艾蓮簡短地如此告知，留下目瞪口呆的美紀惠等人離去。

「唔……！」

目送她離開後，朵蜜妮佳這才赫然回過神來，抽動了一下肩膀，踏著沉重緩慢的步伐大步前進。

美紀惠與小米面面相覷，不約而同地唉聲嘆息。

「真、真是太厲害了呢，小惠。那種威力竟然是百分之一……不對，中途槍就燒壞了，魔力一定更強。」

「對啊……真是驚人。」

美紀惠再次望向被艾蓮毀壞的射擊場，自言自語地呢喃：

「人類最強的……巫師……」

◇

「嘖……梅瑟斯那傢伙，動不動就惹我不爽。」

在測驗完到進行下一個測驗的休息空檔，朵蜜妮佳心煩氣躁地臭著一張臉，捏扁手上的運動飲料罐。

於是，坐在她隔壁的部下巫師──安，慌慌張張地東張西望。

「朵、朵蜜妮佳小姐，說話要謹慎一點，小心被人聽見……！」

聽見安膽怯的聲音，朵蜜妮佳不悅地皺起眉頭。

「被人聽見又怎樣啊，安？既然妳也是第一執行部的巫師，就自豪一點。」

沒錯。朵蜜妮佳和安都屬於第一執行部。雖然近年被派到精靈出現頻率極高的日本，但她們原本是在DEM總公司服務的精英。

說到「DEM的巫師」，大家議論的總是艾蓮統率的第二執行部，然而第一執行部才是DEM的正規戰鬥部隊。第二執行部這個集團本來不過是處理檯面下見不得光的工作。

她們卻不守本分，大搖大擺地自稱最強。這個事實令朵蜜妮佳十分不悅。

「什麼人類最強啊？幕後的人還那麼出風頭……！為何威斯考特大人會重用那種女人啊！」

「我想是因為……她很強吧。」

「這種事情不用妳說我也知道啦！」

朵蜜妮佳大聲怒吼，並且將捏扁的罐子扔出去，安嚇得抽動了一下肩膀。

「嗚嗚……太霸道了。」

安眼淚潸潸落下。不過，朵蜜妮佳不予理會，憤恨不平地皺起臉，啃咬大拇指的指甲。

「真是看她不順眼……難道沒有什麼辦法可以挫挫她的銳氣嗎？」

「不可能啦，說到妳能勝過梅瑟斯部長的部分，頂多只有身高和愛碎唸這兩點而已。」

「我不是說過我知道了嗎！」

朵蜜妮佳握緊拳頭，敲了一下安的腦袋。安又呢喃道：「太霸道了……」

安說的沒錯，艾蓮的力量非常強大，可說是等級相差懸殊。像她這樣的巫師想必是前無古人後無來者，將會留名青史吧——包含這個意思在內，她甚至被稱為悠久的梅瑟斯。

事實上，至今舉行的能力測驗，她也不斷留下特別優異的結果。全十五個項目中，到達上限數值的有十項，剩下的五個項目是測定機器損壞，甚至沒測出結果。

朵蜜妮佳在全部的項目中也留下了排名在前的成績，但還是完全比不上艾蓮。朵蜜妮佳再次自覺到這一點，憤恨地皺起臉。

「……嘖！」

「所以說，妳也該放棄了吧。人外有人，天外有天。剩下的項目只有基礎體力測驗，妳不可能贏過她啦。妳再怎麼看她不順眼，她還是妳的上司，妳一直槓上她，小心被減薪喔。」

「就說我知道了嘛——」

朵蜜妮佳掄起拳頭後，安便抖了一下。

不過——朵蜜妮佳在中途停下動作，沉默了片刻。

「……？朵蜜妮佳？妳怎麼了？這樣不夠霸道喔……」

「安，妳剛才說了什麼？」

「咦？妳吃錯藥了嗎？」

「妳剛才沒說這句話吧！」

朵蜜妮佳揍了安的腦袋一拳後，安有些放心似的吶喊：「果然是朵蜜妮佳沒錯！」

「我不是說這個啦，我是說剩下的項目。妳剛才說是基礎體力測驗吧？也就是說，不會用到顯現裝置嘍？」

「對、對啊……沒記錯的話，接下來要移動到游泳池，進行五十公尺自由式測驗……朵蜜妮佳，妳該不會想用這個項目來一決勝負吧？勸妳不要吧，只會自取其辱好痛！」

朵蜜妮佳戳了安的腦袋，將手抵在下巴。

「……在總公司的時候，我曾聽說一個傳聞。」

「傳、傳聞？不是喔，傳出妳上廁所不把衣服全部脫光就上不出來的人不是我喔。」

「那是怎樣，我還是第一次聽說耶！」

朵蜜妮佳一把抓住安的前襟用力搖晃，打算待會兒再教訓她，便提起精神接著說：

「……我是說梅瑟斯的傳聞啦。聽說那個女人——」

朵蜜妮佳說完，安一臉難以置信地瞪大雙眼。

◇

「唉……」

美紀惠完成利用顯現裝置所做的測驗後，在休息區嘆了一大口氣。

嘆氣的明細如下：三成疲勞、一成安心，以及——六成沮喪。

測驗的結果微低於平均值。測定人員說依美紀惠的年齡和階級而言，算是不錯的成績了。美紀惠也沒有高估自己能力的意思……但是目睹「那個」之後，內心免不了充滿無力感。

「最強的巫師……艾蓮．梅瑟斯……」

壓倒群雄的力量。美紀惠也曾目睹精靈，但艾蓮的壓迫感與之不相上下。與其說憧憬或羨慕，湧現的感覺更近似於恐懼或崇拜。事實上，就連其他隊員和DEM的社員們神情看起來也有些陰鬱。

「……不行、不行。」

美紀惠拍了拍臉頰好讓自己打起精神。

「這樣會被折紙前輩取笑的。」

然後像是在勸說自己似的吐出這個名字。

鳶一折紙上士。是以前隸屬於AST的隊員，也是美紀惠最尊敬的巫師。

她無論處於何種困境都絕不輕言放棄。如果她在現場，勢必會表示人類有艾蓮這樣的戰力值得慶幸，也一定……會對人類擁有如此強大力量的事實感到充滿希望。

「——折紙？」

正當美紀惠思考著這種事情的時候，後方突然傳來別人的聲音。

「咦……？」

美紀惠聽到這聲呼喚回過頭——肩膀一顫。

不過，這也是理所當然的事。因為站在那裡的正是人類最強的巫師，艾蓮．梅瑟斯本人。

「咦……咦，艾艾艾蓮——」

「妳認識鳶一折紙？」

「……！妳、妳知道折紙前輩嗎？」

聽見艾蓮說的話，美紀惠連驚愕都忘了，放聲說道。於是，艾蓮不知為何做出搓揉腹部的動作，點頭稱是。

「是啊，以前打過照面。所以對於現在的狀況，我既遺憾——又喜悅。像她那樣力量如此強大的精靈……」

「咦？」

美紀惠聞言，歪了歪頭表示疑惑。遺憾……應該是指折紙離開AST，但喜悅是怎麼回事？還有……為何提到精靈？

「……不，沒事。我的意思是，她曾是非常優秀的巫師。」

「這、這樣啊。」

雖然對艾蓮的說話方式感到疑慮，美紀惠還是沒有追問下去。一方面是害怕……一方面則是美紀惠內心某處產生的激昂情緒凌駕其上。

折紙，美紀惠崇拜的前輩，得到了人類最強的艾蓮的認可。這件事實對美紀惠來說，比自己被誇獎還要開心、自豪。

或許是察覺到美紀惠的心思，艾蓮補充一句：

「當然，還是不如我優秀就是了。」

「啊哈哈……」

美紀惠不由得笑了笑。和折紙較勁的艾蓮總覺得令人會心一笑。

於是，艾蓮一臉不悅地微微皺眉。

「笑什麼？難道我不如鳶一折紙嗎？」

「不、不是，絕對沒有這回事……」

美紀惠苦笑著搖頭否認。事實上，即使是折紙，應該也贏不過艾蓮吧。

再次認知到這一點後──美紀惠下定決心，凝視艾蓮的雙眼。

「那、那個……艾蓮小姐。」

「什麼事？」

「我……想要變強。比現在還要強上好幾倍、好幾十倍。強到折紙前輩回來時，我能挺起胸膛，以自己為傲。究竟……該怎麼做，才能像妳一樣強呢？」

「…………」

面對美紀惠的問題，艾蓮猛然瞇起眼睛。

這個反應令美紀惠心臟一震。這時她才發現自己的發言有多輕率。

——說要成為像艾蓮那樣，可能太自不量力了。雖說感覺比初次見面時平易近人，但對方畢竟是最強的巫師。像美紀惠這種程度的巫師對她說出如此大言不慚的話，會惹她不悅也是理所當然吧。

「那個啊，我說像妳一樣，只是打個比方……」

「——才能和努力。」

「咦……？」

艾蓮淡淡地述說。美紀惠深感意外地瞪大雙眼。

「兩者都非常重要，少了哪一樣都無法成為一流的巫師。不過，兩者兼具的人要打破的下一個瓶頸則需要——信念。」

「信……念……」

聽完艾蓮說的話——

美紀惠發出呢喃般的聲音。

「沒錯。說是執著也無妨。巫師之所以能成為巫師，是因為能操縱顯現裝置。而控制顯現裝置最需要的就是堅強的意志。赴湯蹈火般的信念，粉身碎骨般的執著，會化為巫師的力量。」

艾蓮如此說完便轉過身。

「——想要變強，就回想自己為何如此希望的初衷。然後，深信不移。堅信那份信念是這世上最尊貴、最強悍之物。」

「是……是的！」

美紀惠做出俐落的敬禮姿勢，大聲回答。

於是，艾蓮一臉滿足地瞥了她一眼，打算離去。

就在這時——

「——啊啊，找到了、找到了。我找了妳好久呢，梅瑟斯執行部長。」

朵蜜妮佳帶著部下從門的另一頭出現後，擋住艾蓮的去路。

「舒寧咸？找我有什麼事嗎？」

艾蓮如此問道，朵蜜妮佳便揚起嘴角，不懷好意地笑著說：

「也沒什麼，只是想說妳出類拔萃的測驗已經結束，應該很無聊吧。方便的話，要不要跟我一決勝負？」

「哦，模擬戰嗎？竟然敢向我挑戰，真是有種。那我們馬上到模擬場——」

「等一下、等一下。」

朵蜜妮佳額頭冒汗，臉色蒼白地制止艾蓮。數秒前從容不迫的態度完全消失無蹤。

「不、不是這樣啦。我是想在接下來的測驗，看誰游得快……」

自己對別人下戰書，氣勢卻莫名軟弱。站在身後的部下也是同樣的想法吧，她小聲地冒出這句話：

「好遜喔，朵蜜妮佳小姐。」

「……哼！」

「好痛！」

部下的頭挨了朵蜜妮佳一拐子。她按著腦袋，朝朵蜜妮佳投以斥責的眼神。

「……執行部長，妳的決定如何？身為最強巫師……應該不會逃避吧？」

「「…………！」」

不知為何，周圍一部分的ＤＥＭ巫師聞言後紛紛表情一顫。

艾蓮不知是否察覺到那些人的反應，態度悠然地撥了一下頭髮。

「──當然，我不逃也不躲。」

「！妳說的喔！反悔也來不及嘍！」

「嗯，當然。」

「不管項目是什麼，勝負就是勝負。如果我贏了，妳可要在全社員的面前宣告妳輸給了第一執行部的巫師喔。」

「什麼……！」

聽見這句話，大喊的是站在附近的ＤＥＭ巫師。恐怕是隸屬第二執行部吧。
「開什麼玩笑，怎麼能承認這種事——」
「別說了。」
受到艾蓮的制止，ＤＥＭ的巫師靜靜地點頭遵從指示。
「最強就是不敗，才會被稱為最強。敗北宣言？沒那個必要。若是我敗北了，立刻就離開DEM Industry。」
「「……！」」
艾蓮若無其事吐出的話語，令ＤＥＭ社員和美紀惠瞪大了雙眼。
不，不只如此，連下戰書的朵蜜妮佳都聽得目瞪口呆。
不過，朵蜜妮佳立刻甩了甩頭，狂喜般將嘴角彎成新月的形狀。
「哈哈……哈哈哈哈！一言既出，駟馬難追喔！」
「當然。」
「我先到會場等妳！艾蓮．梅瑟斯！」
朵蜜妮佳猛然指向艾蓮後，笑著揚長而去。她的部下也姑且敬了一個禮，跟著離開。
於是，ＤＥＭ的巫師們立刻聚集到艾蓮身邊。
「執行部長！請立刻取消這場比賽！」

「就是說啊！下一個測驗項目是游泳耶！」

「冷靜一點。妳們以為自己在跟誰說話？」

「「……！」」

被艾蓮一瞪，巫師們全都噤口不語。

但是，她們氣急敗壞的模樣非比尋常。美紀惠臉頰流下一道汗水，戰戰兢兢地開口：

「那、那個，艾蓮小姐，妳真的……能贏吧？」

「那是當然。她說下一項測驗是游泳吧——呵，無知還真是可怕。看來舒寧咸不知道游泳是我的拿手絕活吧。」

「啊！是這樣嗎？」

美紀惠說完，艾蓮便充滿自信地點頭稱是。

◇

休息完畢，脫下接線套裝，換上競泳泳裝的燎子，與同樣穿上泳衣的小米一同前往游池。

「呼……魔力測驗的結果還算差強人意啦。接下來就是基礎體力測驗了。被ＤＥＭ那些傢伙挑釁也很不爽，差不多該拿出真本事了吧。」

燎子一邊說一邊大幅度轉動手臂。「喔喔～～」尚未下水卻已經戴上蛙鏡，手上抱著浮板的小米高聲呼喊。

「畢竟燎子妳泳技一流嘛～～」

「是啊。就連海自能贏過我的人也寥寥無幾……呃，話說，為什麼連妳也換上泳裝啊？」

「沒有啦～～等一下的測驗不會用到顯現裝置，我就想說順便測一下自己的紀錄。」

小米說完，自信滿滿地拍了一下胸脯。與身高不符的豐滿乳房大幅度地搖晃了幾下。

「……我是不會阻止妳啦，但妳不是不擅長游泳嗎？可別游得慢吞吞的，妨礙大家喔。」

「嘖嘖嘖，妳有點小看我了喲～～今天我有妙計～～真要說的話，反倒要擔心沒有人追得上我的速度呢～～」

小米拿起浮板，一邊說著：「咻～～」一邊在走廊上跑來跑去。孩子氣的模樣令燎子不禁露出苦笑。

「妳抱著浮板說出這種話，實在沒有說服力耶……是說，不要跑來跑去，很危險喔～～」

就在燎子這麼說的瞬間，在走廊上奔跑的小米一頭撞上從十字路口冒出的人影，跌倒在地。

「啊呀！」

「…………！」

「啊啊，真是的，我就說吧。」

燎子快步走近小米並扶起她。

然後也對疑似被小米撞倒的路人伸出手。

「抱歉，妳沒事吧？這孩子我待會兒會好好教訓她……」

說到這裡，燎子止住了話語。

不過，那也是理所當然的事。因為一屁股跌坐在地的是身穿競泳泳裝的艾蓮．梅瑟斯。

「……！」

「──我沒事，不要緊。」

艾蓮不理會燎子的驚訝，獨自迅速站起來後，撿起應是和小米相撞時掉落的物品，匆忙走向泳池。

「…………」

燎子將手擱在頭上，整理混亂的思緒，目不轉睛地凝視她的背影。

艾蓮是最強的巫師，這一點無庸置疑。而所謂的巫師，是只有身心堅強的人才能勝任。

雖說是突發狀況，但不過是被小米那樣嬌小的少女撞到就一屁股跌坐在地，實在令人感到意外，重點是──

「為什麼連她也……」

燎子無法置信她剛才看到的情景，捏了捏自己的臉頰。

——建造於訓練設施中的五十公尺泳池，如今聚集了好幾名巫師。

所有人已經結束魔力測驗，將身上的服裝從接線套裝換成泳裝。

不過大家臉上的表情依然點綴著緊張、焦躁，或是些許興奮。

最強巫師艾蓮‧梅瑟斯不惜賭上離開ＤＥＭ，將與第一執行部的巫師朵蜜妮佳一決勝負的消息，在短短數十分鐘的休息時間內已傳遍各個角落。在場的巫師們早已忘記自己的測驗，迫不及待地想觀賞兩人的大對決，其中甚至有人開賭盤預測輸贏。

挑戰者朵蜜妮佳已熱身完畢，在泳池邊等待。

穿上泳衣後，她鍛鍊有成的肉體一覽無遺。隆起的斜方肌和上臂二頭肌線條分明，光是這樣就有足夠的說服力來推測她的實力。

「……好、好健美啊。」

美紀惠與ＡＳＴ隊員同事們一起並排在泳池邊，嚥了一口口水，看那副身材看得入迷。那是嬌小的美紀惠無可比擬的體格差異。恐怕自己再怎麼埋頭健身，也雕塑不出那樣的身材吧。

不過，美紀惠使勁搖了搖頭。決定巫師實力的並非體格上的差距，而是意志的強大。最強的巫師才剛親口傳授她這一點。

倘若美紀惠無法到達她那種程度，並非基於資質的差異，而是對此感到絕望因而停下腳步、自暴自棄所致吧。美紀惠咬緊牙根，等待艾蓮的登場。

就在這時，門恰巧開啟，隨後艾蓮從中緩步現身。

看見她的模樣，巫師們紛紛發出驚呼——旋即又「咦咦……！」地一陣騷動。

不過，那也是理所當然的事。因為泳裝姿態的艾蓮身材十分纖細，根本無法和朵蜜妮佳一身結實的肌肉相比。說真的，感覺風一吹就會倒。

然而就連這種要素，在她手持的「物品」所帶來的衝擊下，也顯得相形失色。

「……浮板……？」

美紀惠一雙眼睛瞪得老大，發出聲音。

沒錯。因為艾蓮手中拿著白色的游泳輔助用具。

「……噗！」

或許是看見這個畫面，朵蜜妮佳忍俊不禁地噗嗤一笑。

「看來傳聞是真的呢……呵呵，那我們開始吧，部長。」

「好啊，隨時都行——就拿妳來祭我的〈普利德溫(Prydwen)〉吧。」

艾蓮態度超然地如此回答後，走到朵蜜妮佳隔壁的水道。

然後不理會站到跳水臺上的朵蜜妮佳，逕自撲通一聲進入泳池後，抓好浮板，雙腳抵牆。

……看來是不會跳水。朵蜜妮佳見狀，一副笑到肚子痛的樣子扭動身軀。

「呵、呵呵……那麼，開始吧。麻煩妳喊開始。」

朵蜜妮佳對站在附近的測定人員說道。於是，測定人員儘管表現出有些困惑的模樣，還是高舉單手。

「那麼，各就各位。預備──開始！」

「呼──！」

在測定人員的一聲號令下，朵蜜妮佳奮力一躍，跳進泳池，然後以姿勢優美的自由式游法撥開水面。

「艾蓮小姐呢──？」

朵蜜妮佳以風馳電掣般的速度前進。美紀惠將視線從她身上移開後，望向隔壁的水道。

卻不見艾蓮的身影。她抱著懷疑望向起點處，便看見艾蓮雙手緊抓著浮板，雙腳不停打水的畫面。

「咦……？」

──好慢。慢得誇張。

或許是看見了這幅情景，在泳池邊觀看比賽過程的ＤＥＭ第二執行部的巫師們全都掩面不忍看下去。

在這段期間，朵蜜妮佳也順利地持續前進。超過二十五公尺後加快速度，試圖拔得頭籌。

艾蓮的敗北已定。如果這是利用顯現裝置來一較高下的比賽倒還有機會，但是與朵蜜妮佳的差距如此懸殊，就連奧運金牌得主也難以反敗為勝吧。

「部長……！」

「所以我不是要妳別比嗎……！」

周圍的巫師們發出灰心、絕望的聲音。

這也難怪。因為艾蓮．梅瑟斯是最強的巫師。她的戰力正要因為這種比賽失去發揮的舞臺。

「……！」

美紀惠忍不住當場站起來。

——老實說，她並沒有抹消對DEM Industry的疑慮。若問她是喜歡還是討厭這間公司，她勢必會回答討厭吧。如果艾蓮也有參與ＤＥＭ做過的殘酷行為，美紀惠絕對不會原諒她。

但就連美紀惠也能輕易了解前線失去艾蓮這名巫師會造成多大的損失。

而且，重點在於……美紀惠不願看見。

不願看見認可折紙能力的最強巫師以這種可笑的方式輸掉比賽。

「——艾蓮小姐！妳在做什麼呀！」

美紀惠握緊拳頭，高聲吶喊。周圍的巫師們紛紛一臉驚訝地看向她。

「妳不是說過嗎……意志是決定巫師力量的關鍵！妳的信念就只有這點程度嗎？既然號稱最強——」

美紀惠像是要喊破喉嚨似的放聲大叫。

「就展現妳的骨氣吧！艾蓮．梅瑟斯！」

——於是，下一瞬間。

宛如呼應美紀惠的聲音，艾蓮周圍的水面冒出氣泡，隨後濺出巨大的水花。

水花順著五十公尺泳池的水道一口氣衝向終點。

「咦……！」

美紀惠目睹這出乎意料的光景，瞪大雙眼茫然地注視這一幕。

不久，水花平息，得以看見泳池的全貌。

那裡出現位於四十五公尺處，神情驚愕的朵蜜妮佳——

以及抵達終點的艾蓮的身影。

「啊……」

美紀惠和在場的巫師們目瞪口呆，無法理解剛才那一瞬間究竟發生了什麼事。

「…………」

然後發出歡呼聲回應艾蓮一語不發高舉右手的動作。

「「喔喔喔喔喔喔喔喔喔喔喔喔喔喔！」」

泳池掀起狂熱的浪潮。DEM第二執行部的巫師們自然不用說，甚至連目睹這驚人逆轉的AST隊員們也不吝嗇地給予掌聲。

「艾蓮小姐！」

美紀惠在泳池邊奔跑，衝向抵達終點的艾蓮身邊。

「好厲害……！想不到妳竟然會——究、究竟是怎麼辦到的？」

「沒什麼，就是普通地游而已。」

艾蓮若無其事卻帶點得意的語氣回答。

於是，位於隔壁水道的朵蜜妮佳一副難以置信的樣子啞然說道：

「怎、怎麼可能……太扯了……」

「呼——！」

艾蓮悠然地面向她，撩起濕髮接著說：

「舒寧咸，妳毋須懊惱。妳會輸給我只有一個原因。」

「什、什麼原因……」

「——因為我是最強的。」

艾蓮說完，朵蜜妮佳便一臉愕然地「噗咕噗咕」沉入泳池中。

「……嗯?怎麼回事,好吵鬧啊。」

燎子帶著膝蓋貼著OK繃的小米來到泳池後,一臉納悶地歪過頭。

因為膝蓋擦傷的小米喊著她這樣不能走路、不能游泳,燎子才替她簡單地處理傷口,重新回到泳池……這段期間究竟發生了什麼事啊?

「呵呵呵,這是那個啦。因為游泳王——飛魚小米的進場而熱血沸騰的觀眾在歡呼吧。」

「……可是沒人在看妳耶。話說妳從剛才就自信滿滿的樣子。妳說的妙計到底是什麼啊?」

燎子詢問後,小米呵呵一笑,秀出她手中的浮板。

「真拿妳沒辦法,我就特別告訴妳一個人吧。這個浮板是我熬夜特製的,內建的特殊馬達會製造水流,能以超高速游泳,是個好東西~~!」

「是喔……就這個玩意兒嗎?看起來就是個普通的浮板啊。」

燎子以懷疑的目光凝視浮板後,小米便「嘖嘖嘖」地左右搖動手指。

「就是這樣外行人才麻煩~~乍看之下是普通的浮板,但只要像這樣把這裡……呃,咦?」

擺弄浮板的小米突然皺起眉頭,又是撫摸又是翻動浮板。

「幹嘛,怎麼了啊?」

「這、這是普通的浮板！為什麼！怎麼會！」

「咦咦？妳該不會弄錯，拿到別的浮板了吧？」

「不可能！離開實驗室時我確認過了！我、我的發明到底跑到哪裡去了……！」

小米的吶喊摻雜在泳池掀起的神祕歡呼聲中消散而去。

獵婚令音

MarriagehuntREINE

DATE A LIVE ENCORE 7

道。

「村雨老師！這個星期六妳有空嗎？」

某天放學後，村雨令音正在教職員室整理資料時，同事岡峰珠惠老師語氣莫名熱情地如此說

年紀好像是三十出頭……更正，是二十九歲。由於身材嬌小加上一張娃娃臉，經常被誤認為學生。裝飾臉龐的圓眼鏡非常適合她可愛的容貌，但感覺更助長了她稚嫩的氣息。

雖然只在工作上來往，但就令音所知，她的個性既恬靜又溫厚。這樣的她竟然會眼睛充血，異常興奮地向她攀談，令音感到有些吃驚。

「……這個星期六嗎？目前沒有任何安排。」

令音淡淡地回答後，珠惠表情旋即一亮，接著說：

「真的嗎！那跟我一起去參加派對吧！派對！」

「……派對？」

聽見這再次令人出乎意料的話語，令音歪頭表示納悶。因為從自己平常對珠惠的印象來看，她不太可能會說出這樣的詞彙。

「對！我突然意識到不能再這樣等下去了！我要脫離公主的狀態，改當獵人！可是，第一次

狩獵有點害怕……所以希望有人同行。請設下麻痺陷阱吧！」

「…………？」

珠惠眼睛閃閃發光地如此訴說，但裡面有太多艱澀的比喻，聽不太懂。

雖然概括成一句「派對」，但派對種類各式各樣。有童話故事中會出現的那種舞會、為政治家籌資金的聚會，甚至是出版社的頒獎典禮等等。

可是，令音既沒有聽說珠惠被哪位異國王子一見鐘情，據她所知，珠惠也沒有特定支持哪一個政黨。雖然不排除她有在小說或漫畫方面得獎的可能性……但這樣有必要叫令音作陪嗎？

恐怕是家庭派對人數不夠，約她去湊人數吧。令音用刪去法如此判斷後，表現出妥當的反應：「……原來如此。」

不過，令音也不喜歡被扔在沒有熟人的場合。她抬起頭，打算鄭重回絕。

「……岡峰老師，非常抱歉，我不太喜歡那種場合——」

「這是會場的地圖！要是當天找不到路，來到附近時打電話給我！不要打扮得太過隆重，但也不能穿得太隨意！那麼，加油吧，戰友！祝妳好運！」

「……呃，那個……」

令音想出言反駁，但珠惠滿面笑容地豎起大拇指後便健步如飛地離開了。

「…………」

一個人留在原地的令音看向被半強行塞到自己手中的手繪地圖，無奈地輕聲嘆息。

◇

星期六。令音依照珠惠交給她的地圖，來到街上。

結果她還是無法拒絕珠惠的邀約，情非得已前往指定的場所。

反正只要稍微打聲招呼，也不至於讓珠惠失了顏面吧。之後只要找個適當的時機告一段落，回家就好。令音一邊如此思考一邊走在馬路上，環顧四周。

「……是在這附近嗎？」

她輕聲喃喃自語，將自己的所在地與珠惠的便條紙比對後，找到了目的地。

「…………？」

這時，令音歪了歪頭。

因為那裡並非珠惠或珠惠朋友所居住的個人住宅，而是一棟面對馬路的商業大樓。

……顯然不是舉行家庭派對的場所。真要說的話，比較像是用來舉辦詭異的自我啟發研討會或網路傳銷的說明會。

不過再怎麼看，那裡就是目的地沒錯，而珠惠也不可能約令音去那類的活動。令音儘管覺得不對勁，還是走進大樓。

然後抵達疑似有大廳的樓層——

「……這是……」

今音看見擺放在會場前的立式看板，停下腳步。

這也難怪。因為看板上所寫的文字是：

「邂逅股份有限公司主辦　天宮市相親派對會場」

相親，顧名思義是為了結婚而進行的活動，是尋求配偶的男女齊聚一堂的派對。

「…………」

看來似乎是走錯了會場。今音準備轉身離開。

這時，背後傳來耳熟的聲音。

「！啊，村雨老師！妳來了呀！今天麻煩妳嘍！」

回過頭，發現疑似現在才到場的珠惠。她身著風韻成熟的洋裝，不僅接髮，編髮還編得很漂亮。她說過不需盛重打扮，自己卻穿得像公主一樣。

「……岡峰老師，這究竟是……」

令音詢問後，珠惠用力握拳，以一副政治家演說的口吻說：

「如果說二字頭的戀愛是迎擊戰，三字頭的戀愛就是強襲戰！雖然我還是二字頭啦！反正先下手為強！幸福要自己爭取！條件好的男人一個個都被競爭對手吊走了！」

「……呃，我不是在問妳這個。我完全沒聽說今天是要來參加相親派對。」

即使令音這麼說，珠惠也沒在聽。她呼吸急促，緩步走向會場。

「我們走吧，村雨老師！未來的老公在等著……咦？」

就在這時，珠惠被入口處的工作人員叫住。

「啊，對，我是參加者……什麼！國中生！真沒禮貌耶！如果我是國中生，就不用那麼著急了啦！話說，要搞錯的話，至少也說是高中生吧！」

珠惠氣呼呼地以無比熟練的動作出示駕照。工作人員看了之後，露出驚愕的表情說：「失、失禮了……」一副依然難以置信的模樣讓開。

「真是傷腦筋耶！去居酒屋或便利商店買酒的時候總是這樣。」

「……那真是，辛苦妳了。」

也不是不明白工作人員的心情啦，但也沒必要把事情鬧大吧。令音看著怒氣沖沖的珠惠，唉聲嘆息。

雖然提不起勁，但人都來到這裡了，打道回府也對珠惠不好意思。令音只好跟著珠惠進入會場。

於是，工作人員在入口處給了她要別在胸前的號碼牌，以及兩張畫著類似表格的紙張。

「……這是？」

「個人檔案和點檢表。這張好像要寫上自己的資料，這張則是要寫上對方的印象。」

「……這樣啊。」

聽完珠惠的說明，令音輕聲低吟，看向紙面。

原來如此。上面確實設有名字、職業、興趣、希望對象的條件等欄位。

「我們去那邊的桌子寫吧，村雨老師。」

珠惠說完走向桌子，開始在紙上寫字。令音也跟著填寫資料。

不過，也沒什麼好寫的。名字和職業等資料倒還好，但希望對象的條件這一欄，因為自己根本沒在找另一伴，也無從下手，只好寫上「沒有特別的條件」。

「……嗯？」

這時，令音的眼角餘光看見了珠惠的紙張。

名字：岡峰珠惠

年齡：二字頭♡

職業：教職人員

興趣：烹飪

希望對象的條件：年齡三十五歲以下，身高一百八十公分以上，大學畢業，年收入八百萬圓以上。希望是公務員或師字輩的行業、醫生、在上市上櫃企業工作，自營業可面議。積極幫忙做家事、帶小孩的男性。不可吸菸。希望不是離過婚的，但結過婚沒有小孩的情況可面議。希望對方入贅——

「……老師、岡峰老師。」

「在……！我在，怎麼了嗎？」

令音出聲攀談後，埋頭填寫資料的珠惠這才回過神來，抬起頭。

「……老師，妳的條件……」

「啊！果然妥協太多了嗎？我才二字頭，再理想化一點也無妨吧……？」

「……不，我覺得太嚴苛了。根本沒有男人能符合妳的條件。就算有，也會對提出這些條件的女人退避三舍吧。」

「是嗎……！」

聽完令音的意見，珠惠抖了一下肩膀。然後以宛如著魔後恢復神智的眼神望向自己的紙張，浮現有些自嘲的笑容。

「妳、妳說的……確實沒錯。謝謝妳的提醒，村雨老師。我下定決心要主動出擊找對象，卻似乎還沒看清現狀……」

珠惠如此說完，開始修改資料。

年齡三十五歲以下↓年齡三十六歲以下
身高一百八十公分以上↓身高一百七十九公分以上
年收八百萬圓以上↓年收七百九十九萬圓以上
「……不是，那個，老師……」
只是改成誤差的範圍而已啊。令音打算再次提醒她。
不過，這時會場設置的擴音器響起工作人員的聲音。
『——啊～～啊～～非常感謝各位到場參加活動。我是邂逅股份有限公司的逢坂，擔任今天活動的主持人——我以前就很受不了校長在朝會的致詞了，因此就簡短地跟大家問候一下。那我們立刻開始進行天宮市相親派對吧。祝福各位都能找到幸福！』
參加者都對主持人簡潔宣告活動開始的舉動給予熱烈的掌聲。逢坂深深行了一個禮後，繼續說明：
『那麼，接下來就進入自我介紹的環節，請各位就座。請女性參加者坐在靠牆的座位，男性參加者坐到對面。面對面就座後，請將自己的個人檔案紙給對方過目，並且自我介紹。然後在手上的點檢表上寫上對方的印象。若是有中意的對象，別忘了記下對方的名字和號碼！五分鐘後會響鈴，到時候請男性移動到下一個座位！』
「嗯、嗯，原來如此……好，我們走吧，村雨老師！」

「……喔。」

令音愛理不理地回答後，便被珠惠拉到靠牆的座位坐下。

不久，一群男人在對面的座位坐下。

「妳、妳好，我姓澤村。那個，請多多指教。」

「……請多多指教。」

首先坐到令音對面的是一名年約三十五歲，戴著眼鏡，看似一本正經的男性。兩人交換個人檔案後，瀏覽紙面。

「妳、妳姓村雨啊。名、名字真美呢。」

「……謝謝。」

澤村不習慣似的表達稱讚。令音簡短地道了聲謝，點點頭。

接下來便陷入一陣沉默。

令音本身也不太愛說話，澤村看起來也屬於文靜型。他表現出一副必須說些話來調節氣氛，但又不知道該說什麼才好的模樣。

在這種相看兩無言的狀態下，隔壁座位的對話顯得格外響亮。

「——拿去，請多多指教！那麼我想請問一下，關口先生家裡有幾個兄弟姊妹？嗯、嗯，一個哥哥，一個妹妹。原來如此、原來如此，所以你是次男嘍！而且還是銀行員！啊啊！真是太巧了！我最喜歡的三個詞就是結婚、次男、銀行員了！」

「這、這樣啊……」

珠惠隔著桌子探出身子，滔滔不絕地對男性說道。對方完全被嚇到了。與其說獵人，更像是怪獸。令音不知為何突然想起美九面對美少女時的模樣。

就在這種情況下，經過了五分鐘。對面的澤村有些過意不去地站起來。

「那、那個……謝謝妳。」

「……多謝。」

結果感覺只交談了幾句話……不過，這也是無可奈何的事。這種事要看個性合不合得來。老實說，令音擔心情緒低落的他換到珠惠面前恐怕會招架不住。

就在令音思考著這種事情的時候，下一位男性坐到對面的座位上，將個人檔案交給她。

「妳好……喔喔！真是個大美人啊！」

「……你好。」

令音簡短地回答，並且看了一下對方的容貌和個人檔案後，微微抽動了一下眉毛。

理由很單純。因為眼前的這名男性怎麼看都是外國人——紙上的職業欄中還寫著「就職於DEM Industry」。

「哎呀，能遇見妳這樣的人真是我的榮幸。幸會，我叫安德魯・卡西・鄧斯坦・法蘭西斯・

巴畢羅里……」

男子報上一長串名字。

說到DEM Industry這個組織，說是〈拉塔托斯克〉的仇敵也不為過。腦海裡一瞬間還掠過了對方該不會是刻意接近身為〈拉塔托斯克〉機構人員的自己……這種想法，但她立刻便改變了念頭。

因為令音現在並非〈拉塔托斯克〉的機構人員，而是來禪高中的教職人員，會來參加這個活動也純屬偶然受到珠惠的邀約罷了。只要珠惠跟DEM Industry毫無牽扯，就不可能有這種事情發生。DEM職員也是人類，也會想尋找結婚對象吧。

在令音如此思考的時候，安德魯（略）依然熱情地侃侃而談。

「村雨小姐，妳相信命中注定嗎？說來慚愧，直到今天為止，我都抱持懷疑的態度。不過！不過！我現在正感覺到所謂的命中注定！當我第一眼見到妳的瞬間，我心便屬於妳。這是天意，妳一定就是我的真命天女……！」

「……請你冷靜一點。」

「啊啊，我已經坐立不安了！立刻就下訂婚戒吧！妳的指圍是幾號？等我任期結束後要回故鄉英國，妳會跟我回去吧？」

「…………」

完全沒在聽人說話。令音感到厭煩地嘆了一口氣。

自己可是一丁點命中注定的感覺都沒有，不予理會放任他糾纏不休也很麻煩。這時應該稍微給他一點顏色瞧瞧。令音如此心想，開口：

「……哦，你在DEM工作啊——『艾克』和『艾蓮』還好嗎？」

「…………呼咦？」

聽見令音吐出的名字，安德魯這才第一次產生反應。

不過，這也難怪啦。畢竟令音提到的是DEM Industry實質的領袖和他的心腹之名，而且還是暱稱。

「那、那個，村雨小姐，我想請問一下，妳跟威斯考特執行董事和梅瑟斯執行部長是什麼關係……」

「……沒什麼，我們是老朋友。不過，他們跟我說，結婚時一定要叫他們，他們會徹底幫我調查成為我伴侶的人。如果沒通過他們那一關……感覺事情就麻煩了呢。」

「——噫——！」

安德魯臉色鐵青地發出驚叫。

「……不過，我也不想讓他們知道我來參加這種派對。我們彼此就當作沒認識過如何？」

「……啊，好的……這樣我也……樂得輕鬆……」

安德魯突然結結巴巴，安分了下來。

就在這時，大概是經過五分鐘了，響起和剛才一樣的鈴聲。安德魯依舊神情緊張，敬了一個禮後，移動到珠惠的座位。

「…………」

話說回來，沒想到參加者當中竟然會有DEM的職員。令音輕聲嘆了一口氣。

不過，想必也不會遇到那麼多「同業」吧。她提起精神，面對下一位參加者。

「……嗯？」

這時，令音又皺起了眉頭。

不過這也無可厚非。因為——

「妳好，我叫中津川宗近——呃，天啊！村雨分析官！」

令音非常熟悉這名一坐下椅子就發出驚愕聲的男子。

這名男子年約三十，戴著眼鏡，體格精壯，穿著整潔的西裝，但不知為何，雙手戴著露指手套。

不會錯。他是和令音同為〈拉塔托斯克〉機構人員的〈穿越次元者〉中津川。

「……中津川，你在這種地方做什麼？」

「呃！那個！我並不是跑到三次元風流……是、是川越大人約我來的……」

「……川越嗎？」

令音如此說完，循著中津川的視線望去。

便看見也是同為〈拉塔托斯克〉機構人員的〈迅速進入倦怠期〉川越的身影。感覺他很熟練地與面對面的女性交談。

「——哎呀，妳喜歡戶外活動啊？真巧，其實我也打算去考露營指導員證照呢。」

「咦咦～～真的嗎？」

「真的啊。不過，我是剛剛才決定的。因為找到了想一起去露營的人。」

「啊哈哈，你少來了～～」

雙方打情罵俏，談得正開心。

正如他的外號，他是個離過好幾次婚的男人，反過來說，每次都到達結婚的地步。看來十分習慣這種場合了。

「……他還打算結婚啊？要是精神賠償費跟贍養費再繼續增加，他還活得下去嗎？」

「這、這個嘛……他說如果太久沒撩妹，手法會生疏……我說沒來到這種場合，他就帶我來了，說凡事都需要體驗一下……」

「……唔嗯。」

令音將手抵在下巴；中津川繼續說：

「呃……那個，我冒昧想請問一下，村雨分析官妳又為什麼會在這裡呢？難不成，是考慮該結婚了嗎……？」

「…………」

令音微微瞇起雙眼，指向隔壁座位。

珠惠正滔滔不絕地對安德魯說：「ＤＥＭ……是外資企業嘍！哇啊！真巧！我最喜歡的三個詞就是國際、結婚跟外資了！」安德魯完全被珠惠的氣勢所震懾。

「……跟你差不多，同事約我來的。我萬萬沒想到竟然是來參加相親派對。」

「原、原來如此……」

中津川臉頰流下汗水，「啊哈哈」地苦笑著抓了抓頭。

「不過……話說回來，我還是不習慣這種場面呢。跟女性說話時，如果胸前沒有對話框，我就會緊張。其他人好像也不擅長面對這種場合……」

「……其他人？」

聽見中津川的發言，令音微微挑眉後望向四周。

為什麼她剛才都沒發現呢？大廳各處都能看見好幾張熟悉的面孔。

「請問，你在專長的欄位寫的咒術是指……？」

「啊，是。這個嘛，有許多種類，但我最擅長的是詛咒娃娃（這個）……」

「這、這樣啊。」

「為了防止花心，配對成功時我會拔一根你的頭髮……」

「這樣啊……」

從懷裡拿出詛咒娃娃，把對方男性嚇得退避三舍的是〈詛咒娃娃〉椎崎。

「呃，我想請問一下。假如跟我結婚之後，你有沒有可能考慮換工作呢？」

「換工作嗎……？不，這個有點……」

「咦？為什麼？去上班的話，我們夫妻倆不就沒有足夠的時間相處了嗎？這樣怎麼培養愛情？不論健康或疾病都要永遠在一起才是夫妻不是嗎？應該努力維持總是在半徑十公尺以內的距離吧？你該不會太小看結婚這件事了吧？」

「這樣啊……」

對結婚高談闊論，又讓對方男性嚇得退避三舍的是〈保護觀察處分〉箕輪。

以及——

「呃，我說啊，這張個人檔案實在有問題……」

「問題？哪裡有問題？神無月恭平，二十九歲，在亞斯格特綜合警備保障上班。興趣是保齡球（當球瓶被打）。希望對象的條件是十三歲到十五歲左右的女王殿下……」

「問題就在這一點。」

「這一點……？」

「就是希望對象的條件啦！這裡是相親派對的會場！話說，在那之前，你早就已經觸犯條例了！」

「是……這樣嗎？真是不好意思。我重新改過。」

「你了解了嗎？」

「是的。我神無月恭平，忍受斷腸之痛，將對象年齡改成十二歲到十五歲吧。」

「你根本沒聽懂嘛！」

跟會場工作人員起爭執，甚至無法就座的神無月。

看見說是〈佛拉克西納斯〉全部船員也不為過的面孔，令音輕聲嘆了一口氣。

「……中津川，我姑且問一下，幹本呢？」

「噢，幹本大人沒來。」

「……嗯，這樣啊。」

〈社長〉幹本好歹也是人夫，似乎還保有一點良心。

「今天好像是他常光顧的酒店的公關珍妮佛的生日。」

「…………」

這也是另一個問題，但令音已經無力指摘了。

過了約兩小時。與所有參加的男性面對面交談完的令音單手拿著香檳酒杯，站在會場角落。

接下來的兩個小時是自由交流時間，可以跟自我介紹時中意的參加者隨意聊天。之後在紙上填寫中意的參加者號碼，寫上彼此號碼的男女就正式配對成功……似乎是如此。

順帶一提，在中津川之後，令音也遇上了川越，而神無月則是直到自我介紹時間的最後都還在跟工作人員抬槓，始終沒有就座。

「呵呵呵，怎麼樣啊，村雨老師，有遇到中意的對象嗎？」

和令音一樣拿著香檳酒杯的珠惠面帶微笑如此說道……雖然不知道經過剛才的自我介紹時間後，她為何還能保持這樣的笑容，但看來她似乎有找到滿意的對象。

「……沒有。岡峰老師妳呢？」

「咦咦～～？我嗎～～？這個嘛～～第一個男性外表狂野，很迷人。但第二個男性經濟穩定，也不錯……不過，有個外資菁英的老公，將來生個混血帥哥兒子也難以割捨……啊啊！該怎麼辦才好！請不要為我爭吵～～！」

「…………」

令音默默凝視熱情地扭動身軀的珠惠。

就在這時，有好幾名男性走向兩人身邊。

「──那個，村雨小姐，能和妳聊一下天嗎？」

「村雨小姐，方便的話，能否借用妳一點時間──」

「妳好，村雨小姐──」

看見這一幕的珠惠眼睛散發出燦爛的光輝，將杯中的汽泡酒一飲而盡後，將酒杯放到桌上，發出「鏗」一聲清脆的聲音。

然後擺出綜合格鬥家使出擒抱招式般的姿勢，朝地板一蹬，奔向那些男性。

「你們好！我是岡峰！和我一起談論將來吧～～～！」

「嗚、嗚哇啊啊啊！」

男人們被珠惠追得到處竄逃。珠惠閃著野獸般的眼神，追在他們身後。

「…………」

看她這樣，要穿上婚紗還早得很呢──不過，不得不感謝珠惠幫她省去了應付男人這一關。

老實說，光是自我介紹的環節就讓令音疲憊不堪。

「……呼。」

她一口氣喝光汽泡酒，背靠著牆，輕輕吐了一口氣。

這時，有一名參加者走向令音。

「可以站在妳身邊嗎？」

從輪廓看來，一時之間還以為是男性——不過，並非如此，而是眾多身穿洋裝的參加者中，難得穿著褲裝的女性。繫成一束的頭髮，精悍的五官，比起美麗或可愛這種形容詞，更適合威風凜凜這種表達方式。

「……請。」

令音微微皺起眉頭如此說道。總覺得似乎在哪裡見過這名女性。

不過，女性似乎對令音的模樣毫無所覺，輕鬆地對她說：

「感覺妳也不擅長應付這種場合？」

「……是啊。同事約我來的。」

「啊哈哈，我也是。坦白說，我還不想結婚。但大家囉嗦得要命，說凡事都要體驗看看啦，隊長。」

「……隊長？」

令音反問後，女性便連忙搖頭否認：

「沒有啦，算是外號吧。別看我這樣，我還挺會帶領別人的。」

「……這樣啊。不好意思，可以請教妳的名字嗎？」

「噢，對喔。失禮了，我叫日下部燎子，是公務員。」

「……我叫村雨令音，是教職人員。妳說公務員……是哪一方面的？」

令音詢問後，燎子含糊一笑，開玩笑地聳了聳肩回答：「……難以啟齒那一方面的？」

令音和燎子天南地北地聊了一會兒，不但用不著拘謹，還比應付男人輕鬆許多。看來燎子先前似乎也在尋找能像這樣打發時間的對象。

「——啊哈哈！什麼嘛～還以為妳個性很陰沉，沒想到還挺健談的嘛。妳看，酒杯都空了喔。」

因為喝酒臉有些酡紅的燎子說完，擅自在令音的酒杯裡倒入汽泡酒。

順帶一提，令音的酒杯裡還剩一點飲料，但以她的基準來看，似乎已經空了。

「……謝謝。」

「哎呀，不過說實在的，妳對結婚有什麼想法？其實我也能理解同事和母親說的啦。我已經來到適婚期，也想要小孩，但就是想像不出自己結婚會是什麼樣子……」

「……嗯，我懂妳的心情。」

「對吧，妳懂吧～而且，該怎麼說呢？我也說不清楚，因為職業的關係，我完全不想跟比我弱的男人交往。男人就是得強一點才行！」

燎子緊握拳頭說完，某處傳來會場工作人員與神無月的聲音。

「就說了！這裡找不到符合你條件的對象！」

8

「怎、怎麼可能！這裡是十八層地獄嗎！那、那麼，退一百步來說好了，有沒有能用細高跟鞋重點性地踩我屁股的十一歲……」

「就說了！」

「…………」

聽到這段對話的燎子冷不防肩膀一震，突然噤口不語。

聽到這種對話會啞然無言也是理所當然……但燎子顯然不對勁。令音納悶地歪了歪頭。

「……妳怎麼了？」

「…………沒有，可能喝多了吧。感覺產生幻聽，聽到跟以前的上司十分相似的聲音。」

「……上司？」

「是啊，該怎麼形容才好呢？就像嚕嚕米裡面的阿金奸詐版的聲音……」

燎子將手抵在額頭甩了甩頭，打起精神說：「是我多心了、是我多心了。」

「不、不過，男人光是強悍還不行，必須兼具社會常識和道德才可以。」

「……？對啊，說的沒錯。」

令音回答後，燎子便吐了一口氣，輕輕拍了拍令音的肩膀。

「——總之，自由交流時間也快結束了。說來說去，今天還是很開心。雖然沒遇到什麼像樣的男人，唯一的收穫算是認識妳這樣的人吧。」

「……日下部小姐。」

令音如此說道，靜靜低下頭。

「……不好意思，可能讓妳誤會了，我沒有打算跟同性結婚。」

「我說的不是那種意思啦！」

燎子拍了一下桌面，喊到都破音了。

接著，自由交流時間結束後約三十分鐘。

工作人員收回參加者填寫中意異性號碼的配對卡，開始發表配對成功的情侶。

『——恭喜十號的男性與五號的女性！配對成功！』

在工作人員透過麥克風宣布之下，一男一女站上臺，接受其他參加者祝福（帶點怨懟）的掌聲。

令音和狩獵回來的珠惠一起在會場角落看著這幅光景，虛情假意地鼓掌。

珠惠十指緊握，宛如念誦詛咒般向上天祈禱，而根本沒在配對卡上寫下號碼的令音倒是樂得輕鬆。

順帶一提，川越則是機靈地配對成功……呃，這倒是無所謂啦，令音心想若是走到結婚這一步，得好好督促他別又離婚了。

『——配對成功的情侶就是以上這幾對！恭喜他們！沒有配對成功的人也不要放棄，繼續挑戰！』

工作人員殘酷的聲音響徹整個會場，參加者感到遺憾的聲音同時此起彼落。

「咦……啊……？」

珠惠像斷了線的傀儡，頹倒在地。

一語不發地凝視地板一會兒後，「嗚嗚嗚嗚嗚嗚嗚……嗚嗚嗚嗚嗚嗚……」開始發出地鳴般的聲音。更正，是哭了起來。

「……老師，振作一點，老師。」

令音在她身旁蹲下，撫摸她的背，她便抬起痛哭流涕的臉。

「為、為啥摸……偶、偶素哪裡不好了……」

「……妳冷靜一點。有時候也會無法配對成功的。回去重新擬定傾向和對策，再次挑戰吧。這次看到妳的表現，我也洞悉了幾件事，我會盡己所能幫助妳的。」

「村……村雨老師——……」

珠惠一把緊抱住令音。令音撫摸她的頭安慰她。

「我絕對……絕對要雪恥，村雨老師……下次我們兩個都要配對成功！」

「……不了，我下次就不參加了。」

令音鄭重地拒絕，但不確定珠惠有沒有聽進去……本來還以為她是個更理智的人，焦躁這種情緒是會讓人失去從容不迫的態度到如此地步嗎？

總之，第一次的相親派對就這樣落幕。令音扶起恢復冷靜的珠惠後，直接走向大廳出口。

途中，珠惠揉著哭腫的雙眼，開口說：

「……不過，真是意外呢。我也就算了，沒想到連村雨老師妳也沒有配對成功。妳長得那麼漂亮，看起來也很受歡迎耶。」

「……不，沒這回事——說起來，我根本沒寫號碼。」

令音說完，珠惠吃驚得瞪大雙眼。

「咦咦！是這樣嗎？沒有妳看得上眼的嗎？我覺得也有很多優秀的男性啊……」

珠惠抬眼說道。於是，令音輕聲嘆息，接著回答：

「……問題不在他們……不對，也有一部分參加者有問題……」

她清了清喉嚨，打起精神繼續說：

「……只是，我沒有那個心情而已。」

「這是指……妳不想結婚嗎？哎呀，那真是……失禮了。我好像強迫妳來參加……」

珠惠事到如今才懂得道歉。「不會，事情都過去了。」令音搖了搖頭，接著說：

「……我並不是……不想結婚。不對，若是問我是否一定要採取結婚的形式，答案是不一定……」

「……？所以妳是指什麼意思？」

「……如果要結婚，我心裡認定的只有一人。」

「是、是這樣嗎！」

令音說完，珠惠一雙眼睛瞪得老大。

她也是女人，當然會對別人——尤其是像令音這種平常感覺單身的同事——的戀愛感到好奇吧。剛才還哭哭啼啼的，現在全拋諸腦後，表情有些興奮地探頭望向令音。

「哎呀～～村雨老師，既然有意中人，幹嘛不事先告知一下嘛～～——所以，對方是個什麼樣的人？在做什麼工作？」

「……職業嗎……？現在是……學生吧。」

「幼齒老公！」

珠惠宛如被隱形子彈射穿胸口般彎下身體，之後奄奄一息地再次抬起頭。

「……！妳、妳殺傷力還挺大的嘛，老師……」

「……這樣啊。」

「也、也就是說，等妳男朋友畢業後，你們就要結婚嗎……？」

「……那倒不——」

話說到一半，令音瞇起雙眼。

「……不，沒錯，妳說得很貼切。如果他『畢業』，我的願望一定會實現吧。我就是為此才與他共度這麼長的時間——想必我一輩子都只會愛他一個人吧。」

令音如此說完，珠惠便「呀～～！」地扭動身軀。

「村雨老師跟妳的小男友都好專情喔！啊啊……這種心情是怎麼回事……感覺心裡累積的毒素慢慢被淨化了。這是……學生時期愛慕學長時的純真之心……？」

說完，珠惠眼睛閃閃發光，十指交握。

「沒錯……當挑選對象附帶條件時，肯定就不是戀愛了。我明明很早以前就明白這個道理，卻因為太害怕錯過婚期而不去面對這一點……人啊，不管到了幾歲都一樣可以談戀愛啊！」

珠惠像是在演舞臺劇般猛然張開雙手。感覺有聚光燈照著她。

「……岡峰老師，我說啊。」

雖然她說的話本身並沒有錯，但總覺得放太多感情了。令音搔了搔臉頰，同時對珠惠說道。

結果，珠惠啊哈哈地笑了笑，再次邁開步伐。

「別擔心啦，我明白的。根本不會出現什麼白馬王子。我還沒有天真到這種地步……可是，該怎麼說呢？不是為了結婚去找男人，而是覺得如果是這個人，就會想跟他共度一生——哇、哇哇！」

話說到一半，珠惠的身體突然失去平衡。

看來是因為看著令音走路，沒有察覺前方有階梯，踩空了。

「……！老師——」

「呀啊啊！呃，咦……」

不過，珠惠慘叫到一半就停了。

理由很單純。因為在她快撞上地面時，站在那裡的男性溫柔地抱住她。

那名男子身材高挑纖瘦，擁有一頭及肩的金髮。端整的鼻梁，就像異國的王子一般。

沒錯。他就是〈拉塔托斯克〉的副司令，神無月恭平。

「這位小姐，妳沒事吧？有沒有受傷——」

「沒、沒有……我沒事——」

剎那間，兩人四目相交，分別倒抽了一口氣。

兩人的時間就這麼暫停了一會兒。

被外表是美男子的神無月（被虐狂）奪去目光的珠惠。

被外表是十四歲的珠惠（輕熟女）奪去目光的神無月。

雖然不知道這世上是否有神明存在，但這個偶然只能說是老天的惡作劇。

「那、那個……」

「可以請教妳的……芳名嗎？」

「…………」

令音只能從階梯上方以柔和的目光凝視兩人的互動。

後記

好久不見，我是橘公司。為您獻上可愛無比的女孩子（強調）作為封面的《約會大作戰　安可短篇集7》。這次的短篇集都是在講女孩子這一邊的故事，也就是統一以女生的視角來述說故事。各位覺得如何呢？如果各位讀者喜歡本書，將是我莫大的榮幸。

好了，在這裡我要向各位報告一件事。想必大家早就已經知道了，**《約會大作戰》動畫新系列企畫正在進行中！**鼓掌鼓掌！詳細情形之後會再公開，敬請期待！

由於這次的頁數比較少，我想立刻開始各話的解說。小心踩雷！

○大胃王比賽十香

打頭陣的是十香。這次參加了大胃王比賽。怎麼可能會輸？

但重點還是放在與六喰建立友誼上。在六喰的心目中，十香＝反轉版的印象，所以想另外寫一篇短篇。插畫裡的中國風蘿莉六喰好可愛。

○體驗入學四糸乃

很久以前就想寫四糸乃和七罪去上學的故事。七罪的視角一樣有趣極了，讓我運筆如飛。莫名滿喜歡琴里的同學綾小路花音。

○情人節狂三

狂三四天王終於到齊的故事。眼罩、繃帶、甜美蘿莉都有了，跟插畫家つなこ老師商量接下來的角色該設定成怎樣，便得到「和風蘿莉」的回答。簡直是天意。造就了比以往更獨樹一格的分身誕生，還特別用了舊字體。

○互換身分八舞

八舞姊妹交換身分。由於是雙胞胎角色都會玩的哏，我一直很想寫這樣的故事。順帶一提，關於兩人的朋友，我仿造了亞衣、麻衣、美衣，取了很像代名詞的名字。

○怪盜美九

個性獨特的三人組成為怪盜的故事。順帶一提，二亞拿的卡片上面其實有つなこ老師特別設計的「半夜鳶」標誌。真豪華。

○測驗美紀惠

就連載方面來說，這篇故事其實最早寫完。由於上一集放不下去，改收錄在這一集。剛好這一集主打女性視角。艾蓮在泳技方面也是人類最強。

○獵婚令音

雖然極度懷疑需要寫這一篇嗎，但我個人非常喜歡這個故事。是小珠帶著令音去參加相親派對的故事。《約會》裡的大人成員三三兩兩陸續登場。這個結局，以後究竟會如何發展呢？真是令人期待。

這次依然受到多方人士的幫忙。つなこ老師、責任編輯、美編草野、營業、通路、販賣等相關人員，以及現在拿起這本書閱讀的各位讀者，向你們致上由衷的感謝。

那麼，希望下次有榮幸能在《約會大作戰DATE A LIVE 18》中和大家見面。

二〇一七年一〇月　橘　公司

國家圖書館出版品預行編目資料

約會大作戰DATE A LIVE安可短篇集 / 橘公司作
; Q太郎譯. -- 初版. -- 臺北市 : 臺灣角川,
2019.01-
冊； 公分
譯自：デート・ア・ライブ アンコール
ISBN 978-957-564-673-8(第7冊：平裝)

861.57 107019777

Kadokawa
Fantastic
Novels

約會大作戰DATE A LIVE 安可短篇集 7

(原著名：デート・ア・ライブ　アンコール7)

2019年1月19日　初版第1刷發行

作　者：橘公司
插　畫：つなこ
譯　者：Q太郎

發行人：岩崎剛人
總經理：楊淑媄
資深總監：許嘉鴻
總編輯：蔡佩芬
編　輯：孫千棻
美術設計：吳佳昀
印　務：李明修（主任）、黎宇凡、潘尚琪

發行所：台灣角川股份有限公司
地　址：105台北市光復北路11巷44號5樓
電　話：（02）2747-2433
傳　真：（02）2747-2558
網　址：http://www.kadokawa.com.tw
劃撥帳戶：台灣角川股份有限公司
劃撥帳號：19487412
法律顧問：有澤法律事務所
製　版：巨茂科技印刷有限公司
ＩＳＢＮ：978-957-564-673-8
香港代理：香港角川有限公司
地　址：香港新界葵涌興芳路223號
新都會廣場第2座17樓 1701-02A室
電　話：（852）3653-2888